日本人の心がわかる日本語

讀懂人心的日本語

森田六朗——著
許郁文——譯

35個關鍵字
解析日本文化的曖昧與感性，
通透話語的表與裏

日本人真是令人搞不懂？

日語是十分感性的語言，每個字詞都蘊含著深刻的意義和弦外之音。

日本長銷十年語言學習實用書，從人際關係、情感表現、價值觀，

帶你解讀35個代表性關鍵字，了解日本人原來這樣想！

關於修訂版的發行

由於日本是在歷史與地理都鮮少與其他文化交流的情況下進入近代，所以外國人可能很難了解日本人真正的想法，所以我才撰寫了《讀懂人心的日本語》這本非常複雜的書，如今剛好是出版滿十年的日子。

可喜的是，這本書廣受喜愛日語以及日本文化的外國人青睞，也從許多日本人得到「話說回來，還真是如此」、「真希望日本的年輕人也能讀這本書」這類迴響，對我來說，這也是意外的驚喜。

此外，這本書也由中國的大型出版社商務印書館發行簡體中文版，我聽說有不少喜歡日本文化與日語的中國讀者也很喜歡這本書。

在這十年之間，我發現除了本書介紹的詞彙之外，還有一些外國人難以理解的日語，也覺得有必要進一步說明。

幸運的是，ASK出版社天谷修身社長在發行滿十年的這個日子問我要不要推出修訂版，我才有機會重新實現上述這個願望，在此真的非常感謝天谷社長。聽說除了修訂版之外，也準備發行英文版。

日語將隨著使用它的日本人不斷進化。希望今後也能與各位讀者一起探討日語以及日本人的內心世界。

二〇二一年三月　**森田六朗**

致學習日語的各位

日本是四面環海的列島，所以不像中國曾被異民族長期統治過，也沒有美國那種由各界外來民族創國的經驗，日本一直以來都沒什麼機會與外界交流，也在這樣的狀態下進入近代。在外國人眼中，日語與日本文化應該有許多難以理解的部分才對。

比方說，日本人常聽到「日本人很懂禮貌」這句話，但眞的是這樣嗎？如果眞的是這樣，那又是爲什麼呢？此外，日本人也常被批評「日本人總是不願說出內心的想法與眞正的意見」，但這又是爲什麼呢？

本書將舉出「**人目**」、「**人並み**」、「**控えめ**」與「**けじめ**」這類看似簡單，但意思非常複雜，外國人難以理解的詞彙，一邊說明這些詞彙的意思與使用方法，一邊帶著大家了解藏在這些詞彙背後，日本人特有的感覺與想法。日本人到底是在什麼樣的心情下使用這個詞彙，在使用這個詞彙的當下又有什麼感覺？本書盡可能簡單地說明了這些內容。

此外，「**いさぎよい**」、「**品**」、「**義理**」在日本人心中都是傳統美德的一部分，本書也盡可能地介紹了許多在日常生活之中，被日本人珍惜與重視的事情或想法。較困難的單字都加上了英文與中文的註解，建議大家在閱讀本書的時候，參考這些註解。

如果想進一步了解的話，建議大家閱讀「**再多了解一點！**」的部分。

這部分介紹了與該單字有關的各種知識，也提出了不少民族學家、社會學家、哲學家、心理學家與其他專家的見解，可以讀到許多令人玩味的話題。雖然內容變得有點難，但還是請各位讀者挑戰看看。

本書從哪個部分開始閱讀都可以。本書介紹的每個日文詞彙都經過研究，如果大家能夠了解日本人是基於什麼樣的心情說客套話、說笑或是說氣話的話，你的日語一定會有長足的進步。

如果本書能助各位學習日語一臂之力，那眞是作者的榮幸。

致教導日語的各位

假設在上日文課的時候遇到「**遠慮する**」這個單字，你會怎麼說明呢？假設課堂上的老師剛好知道這個單字的英文是「refrain form」，你能夠接受老師這個解釋嗎？假設老師跟你說這個日文單字就是中文的「客氣」，你又會有什麼想法呢？假設老師以日文說明這個單字的意思是「爲了體貼對方，而不做某些事情」的話，學生眞能了解這是什麼意思嗎？

從事日語教師這份工作之後，我每天都像這樣，一邊煩惱，一邊自問自答。就算知道要隨著學生的日文程度調整說明的方法，每次遇到「**遠慮**」或是「**照れる**」、「**いさぎよい**」、「**品**」這類難以一言以蔽之的單字時，還是會因爲沒辦法解釋清楚而氣得牙癢癢的。

身爲一名日本人，難道沒有辦法恰到好處地說明這些詞彙的全貌，沒辦法讓外國人知道這些詞彙的意境以及藏在這些詞彙背後，專屬日本人的感性嗎？由於這個問題很難與別人討論，所以我爲了尋找這個問題的答案，開始一點一滴地寫下筆記。我在寫筆記的過程之中發現，一些看似平凡，信手拈來的簡單詞彙，其實背後都藏著盤根錯節的文化，也稍微窺見日本人是在什麼樣的想法以及感覺下，在日常生活之中使用這些單字。

在研究所「日本文化研究」的課程使用一部分的筆記說明日本人的價值觀與美感之後，發現成效不錯，也才決定撰寫本書。

本書是一本帶著大家透過詞彙了解日本人的感性，透過例句了解日本人如何感受生活的書，如果本書能讓正在學習日語的外國人、教導日語的老師，以及希望在與外國人的互動之中，讓外國人了解日本人的人得到一些靈感，那將是作者的榮幸。

二〇一一年四月吉日　**森田六朗**

目錄

讀懂人心的日本語

第七章　日本人的價值觀

專欄　從日常會話開始學

第一章

區分內與外

内と外／內與外
世間／社會
しつけ／教養
けじめ／分寸
素直／坦率
甘える／撒嬌

内と外／內與外

相關關鍵字：世間、けじめ

若是提到「內與外」的概念，最先想到的會是自己的「家庭」以及家庭之外的「社會」。「家」這個漢字之所以讀成「うち」，就是象徵內外有別這件事。

日本人最初體會的「內」就是自己的「家」，等到長大成人之後，就會慢慢了解學校、公司或所屬的組織也是「內」，也會以「我們公司」（うちの会社）或「我們學校」（うちの学校）形容這類組織，還會將不屬於這些組織的人或團體視爲「外」。「外」這個漢字也讀成「**よそ**」（譯註：よそ也有其他、~之外的意思）。

我小時候很常羨慕朋友的家庭，例如聽到「○○買了新的電動」就跟爸媽吵著說「我也要買」，應該大部分的人都有類似的經驗對吧？這時候日本的家長通常會祭出例1的「經典台詞」。

例1：小孩「媽~拜託妳買那個玩具給我啦，大家都有耶！」（子ども「お母さん、あのおもちゃ買ってよ。みんな持ってるんだよ。）

母親「**人家**是**人家**，**我們**是**我們**！不要吵這個！」（**よそ**は**よそ**、**うち**は**うち**！がまんしなさい！）

例2：老師好，謝謝你一直對**我家**孩子照顧有加。（先生、こんにちは。**うち**の子どもがいつもお世話になっています。）

長大成人之後，自己的家庭是「內」之外，也會以「我們公司的人」形容與自己同公司的人，而且還會以「我們部門的人」形容同部門的人，以及把別的部門的人說成「其他部門的人」。就算是相同部門的人，還是會以「我們團隊的人」形容與自己待在同一個專案團隊的人，而別的專案團隊的人，則會說成「其他團隊的人」。

例3：**我們**公司的薪水比**其他**公司還高。（**うち**の会社は**よそ**の会社と比べて給料がいい。）

例4：那位部長真是和藹可親，哪像**我們**部長動不動就生氣，真的很難相處耶。（そっちの部長は優しくていいなあ。**うち**の部長なんていつも怒ってばかりで大変だよ。）

由此可知，當所屬的集團放大或縮小，「內與外」的定義也會跟著改變。舉例來說，當某個組織發生了某個事件，卻只由「內部相關人士（**身内**）」收拾善後的時候，日文會說成「在不對外張揚的情況下解決問題」（**うちうちで**片付ける），也就是「家醜不外揚」的意思。

此外，平常不會穿出門的好衣服在日文會說成「**よそ行き**の服」，從字面的意思可以知道，這是在「外（よそ）出」之際穿的衣服，而故意與親近的人保持距離的態度則會說成「**よそよそしい**」，意思是「對外（よそ）人」的態度。

例5：明明都已經認識這麼久了，幹嘛講話講得那麼**客氣**，拜託放輕鬆一點啦。

（もう長いつきあいなんだから、いつまでもそんなに**よそよそしい**話し方をしないで、もっとくだけた話し方をしてよ。）

對長輩或是比較不熟悉的人說敬語，當然比較有禮貌，聽起來也比較客氣，但敬語終究是「對外的客套話」，所以對親近的人說敬語，反而會讓對方覺得很生份。反之，如果跟不親近的人「裝熟」（**なれなれしい**），也有可能會被對方討厭喔。

對日本人來說，「內與外」是用字遣詞與待人處事的重要準則。

再多了解一點！

哲學家和辻哲郎在其著作《風土》中，舉出老婆將老公叫成「我家那口子」（うちの人），老公將老婆叫成「內人」（家內）的例子，也提到「在歐洲的語言之中，找不到日本這種『內外』之分的概念」。此外，社會人類學者中根千枝在其著作《垂直社會的人際關係》之中，也提到日本人腦中的「內與外」可讓組織更加團結，卻也將組織之外的人拒於門外。

日語有許多基於這種「內外」概念的詞彙。

「**內輪の事情を外に漏らす**」（將組織內部的事情告訴外人）

「**內弁慶**」（在家裡或公司很強勢，在「外面」卻很軟弱的人。「弁慶」是一位在平安時代末期，力大無窮的僧人。）

「**內祝い**」（只由家人或親友祝賀的意思）

「**外面がいい**」（對自己人的態度很差，但是在「外人」面前卻裝成好好先生的意思。）

從這些詞彙就可以發現日本人對於「內外有別」這件事有多麼敏感了，而這也就是所謂的「拿捏分寸」（→P.29）。

象徵的に	symbolically	象徵地
所属する	belong to	隸屬
組織	organization	組織
ねだる	beg	央求
決まり文句	pet phrase	口頭禪
部署	department	部門
枠組み	framework	結構、框架
処理する	handle	處理
文字通り	literally	字面意思
くだけた	informal	不拘泥於形式
目上（の人）	higher ranked、superiors	地位崇高的人
なれなれしい	overfamiliar	裝熟
見いだす	find、be found	發現
社会人類学	social anthropology	社會人類學
一体感	sense of unity	一體感
排除する	exclude	排除
僧	monk	僧侶
鋭い	sharp	敏銳、鋒利

世間／社會

相關關鍵字：内と外、しつけ

「**世間**」不是具體的場所或是某個人的意思，而是自己所屬的社會，換句話說，就是與家人之外的人互動，工作或生活的地方，是一個意思非常廣泛的單字。簡單來說，「世間」就是家庭（うち）以外的人，也就是「外面」的人（「內與外」→P.12）。

比方說，日本人會在惹事生非的時候說「世間に顔向けできない」（無顏面對社會）或是「世間に笑われる」（爲世人恥笑），而此時的「世間」指的就是家庭之外的人或是外人。

此外，政治或是社會的電視新聞常會使用「世間の声」（輿論）或「世間が許さない」（不爲社會見容）這類詞彙。此時的「世間」則代表日本國民或是日本社會的意思。

例1：就算得到家人的認同，**社會**也不會接受你這麼做吧。（そんな行動は、家族は認めても、**世間**が許さないだろう。）

例2：念到大學，還這麼不知世事會被笑喔。（大学生にもなって、そんな**世間知らず**なことを言うと笑われる。）

例3：就算要與整個**社會**為敵，我也要貫徹自己的信念。（たとえ**世間**を敵に回しても、私は自分の考えを貫きます。）

不知世事的日文是「**世間知らず**」，通常是用來批評沒有社會常識，不懂社會規範的人。我們通常是從小在家裡學習社會的常識、習俗或是規範，所以不懂這些等於是「家教不好」（しつけが悪い→P.23）。

換言之，日語的「世間」一定與家庭、家人、自己人的概念有關，與家庭可說是對立的關係。日本人不管做什麼事，都很在意與別人之間的關係，所以有許多詞彙會用到「世間」這個單字。

「**渡る世間に鬼はなし**」（這世上不會只有壞人）

「**世間の風は冷たい**」（家中雖然溫暖，但社會非常嚴峻。）

「**世間に顔向けできない**」（做了壞事，沒臉面對社會。）

由此可知，日本人很在意別人如何看待自己或是家庭。在後續句子裡的「家」或是「親」，也都有「與社會相對的家庭」、「從社會來看的家庭」這類意思。

「**家名に傷がつく**」（家中的某個人玷汙了家族的名聲）

「**親の顔に泥を塗る**」（小孩做錯事，會害父母親丟臉。）

雖然「家」（家門）這個概念已不如過去強烈，但是在日本人的一言一行之中，還是有「世間」與「家」這兩個概念存在。

再多了解一點！

現代日語的「人間」與「人」幾乎已經是同一個意思，但其實「人間」原本沒有「人」的意思。「人間」原本讀成「じんかん」，是「人與人之間」或是「人世」的意思，而且現代中文的「人間」也是「社會」、「世上」的意思，完全沒有「人」的意思。

那麼，為什麼日語的「人間」會被當成「人」的意思使用呢？

注意到這個現象的是哲學家和辻哲郎。他在著作《作為人類學問的倫理學》提到，人在進入社會，建立人際關係之後，才真的成為「人」，所以當「人間」這個單字同時擁有「社會」與「人」的意思之後，就成為最適合形容人類本質的單字。人，除了是一個人，也是社會的一分子，所以日語的「人間」是指在人際關係之間穿梭的「人」。

單字筆記本

属する	belong to	隸屬於
敵に回す	go against	與～爲敵
貫く	penetrate、stick to one's conviction	貫徹
対立する	opposition	對立
根底	very bottom、underlying	根本
名誉	honor	名譽
着目する	focus on	著眼於
哲学	philosophy	哲學
倫理学	ethics	倫理學
本質	nature	本質
間柄	relationship	關係

しつけ／教養

相關關鍵字：礼儀、内と外

就常理而言，日本人應該是從小就從父母親身上學到在「外面」的規矩，以及與外人相處的「禮儀」（→P.100）。

比方說，日本的父母親常會對自己的小孩說：

「要記得打招呼」

「犯錯就要乖乖地（→P.34）說『對不起』」

「對長輩要恭敬」

「不可以造成別人的麻煩」

「不要那麼任性，要懂得忍耐。」

父母親會灌輸小孩這些社會規範。這類家庭教育的日文是「**しつけ**」，可翻成「教養」、「家教」這類中文。如果小孩子不懂禮貌或是態度很差，大部分的人都會覺得錯的不是小孩，而是不會教小孩的家長。

例1：最近的小孩之所以不懂打招呼，都是因爲父母親**沒教好**。（最近の子どもがきちんとあいさつできないのは、親の**しつけが悪い**からだ。）

例2：小時候，我奶奶總是**告誡我**「不可以浪費食物」。（小さい頃、食べ物を残してはいけないと、祖母に厳しく**しつけられ**ました。）

「父母親沒教好」（親のしつけが悪い）這句話不僅會用來罵小孩，也會用來批評大學生或成人。在歐美的文化裡，小孩會在長大成人之後離開父母身邊，成爲一個完全獨立的個體，但在日本卻不是這樣，不管長到幾歲，父母親都得爲小孩的行動負責。這其實與「內與外」（→P.12）的思維有關，家（內）是教導每個人社會（外）規範的場域，所以每個人在「外」的行動，都源自家庭（內）教育。

此外，也很常聽到「**親の顔がみたい**」（眞想看看你父母長什麼樣）或是「**お里が知れる**」（一看就知道你從鄉下來的）這類罵人的話。這句話的「お里」就是「実家」（老家，長大成人的地方），但這兩句話都是在罵人「家教不好」（所以才會這麼沒禮貌）。

例3：沒想到你連這點常識都不懂，你父母到底是怎麼教你的啊？**真想看看你父母長什麼樣**。（こんな常識を知らないなんて、どんな育ち方をしたんだ。**親の顔が見たい**よ。）

例4：就算是穿了名牌，只要看那個人的說話方式或是吃東西的樣子，就知道那個人**家教好不好**。（どんなにいい服を着ていても、話し方や食べ方でその人の**お里が知れる**。）

此外，「しつけ」這個字也很常用在寵物或是公司員工身上。

例5：隔壁家的狗狗總是半夜叫個不停。看來飼主沒有**教好**啊。（隣の犬はいつも夜中に吠えてうるさい。飼い主がちゃんと**しつけ**をしていないのだろう。）

例6：這間公司的員工眞是**沒禮貌**，客人來了也不會打招呼。（この会社は社員の**しつけが悪い**。客が来てもあいさつもしない。）

以例6的情況爲例，負責教導員工的是公司的上司或前輩，此時客人是「外人」，而整間公司的人都是「自己人」，這可說是非常適合用來說明日本人「內外概念」的例子。

再多了解一點！

在做衣服的時候，為了能做得正確、漂亮，會在開始縫之前，先簡單地用線固定布料，這個過程就稱為「しつけ」，而透過家庭教育讓小孩成為正當的社會人士，也很像是這個過程，所以「しつけ」又能解釋成「家教」的意思。

「しつけ」的漢字寫成「躾」，是由「身」與「美」這兩個字組成，而從這點來看，不難發現這個字的意思是「讓自己的身體更美」。雖然漢字是從中國傳入日本，但有些漢字是日本人自己發明的，而這種漢字又稱為「國字」，「躾」就是其中一種。

日本的國字還有很多，例如「辻」、「榊」、「峠」、「裃」、「畠」都是其中之一，但中國沒有這些文字代表的東西或概念，所以也沒有對應的漢字，全部都是日本人依照漢字的造字原理獨創的文字，而且有些國字甚至還逆向輸出至中國，比方說《現代漢語詞典》這本在中國地位崇高的字典就收入了「辻」這個日本國字。

除了上述這些國字之外，還有很多「鰯」、「鱈」、「鱚」、「鯱」、「鮗」這類「部首為魚」的國字，想必這是因為日本四面環海，魚與日本人的生活密不可分的關係吧。不管是「しつけ」這個單字還是「躾」（讓身體變美）這個漢字，都蘊藏著日本人獨特的感性。

單字筆記本

行儀が悪い	badly-behaved	不懂禮貌的
一人前の	qualified	獨當一面的
責任	responsibility	責任
常識	common sense	常識
吠える	bark	吠叫
役割を担う	take on a role	承擔職責
仕立てる	tailor	製作
仕上げる	finish	收尾、完成、修飾
縫う	sew	縫
概念	concept	概念
該当する	applicable	符合
権威ある	authoritative	具有權威的
掲載する	carry	刊載

けじめ／分寸

相關關鍵字：しつけ

在日常生活或是社會生活之中，「けじめ」（分寸）可說是日本人最重視的概念。日本人從小就在家庭或學校「被灌輸」（しつけられ→P.23）要「謹守分寸」（ちゃんとけじめをつけなさい）或是「要懂分寸」（けじめのある行動をしなさい）。

那麼「けじめ」（分寸）到底是什麼呢？這個概念其實到處可見。比方說，年底的時候，百貨公司的擺設就是其中之一，這也常常讓外國人爲之驚訝。一過了十二月二十五日之後，原本到處可見的聖誕樹像是說好了一樣，全部變成新年的門松，而這種現象也可說是看重「けじめ」的日本人特有的感性。

基本上，「けじめ」的意思是「清楚地劃出區分」的意思，尤其是指根據TPO

（時間或場合）以及與對手的關係，採取適當的態度與行動。

例1：該讀書的時候讀書，該玩耍的時候玩耍。要讓生活過得有**分寸**。（勉強するときは勉強する、遊ぶときは遊ぶ。**けじめのある**生活をしなさい。）

例2：那兩個人連在工作的時候都聊個不停，眞是不懂**公私之分**。（あの二人は仕事中もおしゃべりばかりしていて、公私の**けじめがない**。）

日本人就算是與同一個人對話，也會視情況調整用字遣詞與態度，於公於私的說話方式或態度都是不一樣的，而這就稱爲「拿捏分寸」（けじめをつける）。就算是再親密的朋友或戀人，只要是在職場就會使用敬語，與其他的同事一視同仁。就算私底下的交情再怎麼好，在工作的時候太過親暱，或是提到私人的話題，往往會有觀感不佳的問題，周遭的人會覺得這種人「不懂分寸」。

「懂得拿捏分寸」這點在人際關係之中非常重要，必須懂得依照彼此的上下關係、親疏遠近或是男女之分，調整用字遣詞與態度。比方說，就算是私交甚篤的朋友，如果對方在工作上是客人，還是得以接待「外人」的說話方式面對他。假設對方成爲自己的上司，就得以恭敬的態度與言詞與對方相處。或許有些人覺得「不管什麼時候，朋友始終是朋友」，但懂得分辨時機與場合，才是懂得「拿捏分寸」的人。

對日本人來說，「拿捏分寸」不會損及彼此的交情，而是進一步尊敬對方。

再多了解一點！

在日本人的「行為準則」之中，前面提到的「分寸」（けじめ）恐怕是最重要的觀念吧。

所謂的「分寸」有「區分」、「區別」的意思，卻又不只如此。重視公私、內外、男女之分、或是重視地位高低、前輩與後輩、老師與學生這類社會關係，以及在不同的情況下採取適當的詞彙與行動，就是所謂的「懂得分寸」。

日本人從小就會被父母親灌輸這類概念。比方說，父母親會跟孩子說「當哥哥就要怎麼樣、當男孩子就要怎麼樣」，等到可以上學之後，就會跟孩子說「不可以這樣跟老師或是高年級的學長姐說話！」進入社會之後，也得學習與上司或是顧客應對進退的方法。日本人在家裡、在學校、在職場以及在任何地方，都必須像這樣「懂分寸」，否則就會被別人說「沒有分寸」、「不懂規矩」。

除了學習敬語之外，學習長幼有序的人際關係，學習面對上司與顧客的態度，以及學習一切的社會規範，才能成為足以獨當一面的日本人。

ディスプレイ	display	陳設
門松	Kadomatsu（traditional Japanese New Year decoration）	門松（日本新年的大門傳統裝飾）
ふさわしい	appropriate	適合的
公私	business and personal	公私
印象	impression	印象
目上（の人）	higher ranked、superiors	長輩
目下（の人）	lower ranked、inferiors	晚輩
損なう	ruin	受損
尊重する	respect	尊重
行動規範	standard of conduct	行爲規範
観念	notion	觀念
差別化	differentiate	區別
顧客	client	顧客
一人前の	qualified	獨當一面的

素直／坦率

📌相關關鍵字：**派手、地味、いさぎよい**

「素直」（坦率）有如實、性格純粹樸實、心性耿直的意思。其實在日本人的眼中，那些沒有任何矯揉造作的事物才有價值，比起花俏華麗的東西，日本人更喜歡樸實無華的事物（「花俏、不起眼的」→P.181），所以「素直」（坦率）可說是對別人的個性讚譽有加的形容詞。

例1：那孩子的個性很**坦率**，眞是個很棒的孩子啊。（あの子は**素直で**、とてもいい子だね。）

大部分的孩子都不會像大人那般多疑，也不太會掩飾自己的內心，所以能夠

「單純地」相信大人的孩子，常常是別人口中的好孩子，而那些總是質疑大人，一被父母親責罵就立刻頂嘴的小孩，常常會被人說是「不坦率」、不像小孩的小孩。即使長大成人，有時候還是得「坦率」。

例2：請**坦率地**承認錯誤。（自分がやったと**素直に**認めなさい。）

例3：請**忠實地**服從上司的指示。（上司の指示に**素直に**従う。）

例4：他總是不願意**坦率地**接受別人的意見，所以跟他說話很累。（彼は人の言うことを**素直に**受け取らないので、話していて疲れる。）

「坦率」原本是「耿直」的意思，但在例2或例3是「乾脆、俐落」（→P.193）或「順從」的意思。換言之，日本人認為「坦率」與「乾脆、俐落」、「順從」可以劃上等號，都是非常受歡迎的特質。反之，那些沒辦法坦然接受別人意見的人，都會被形容成「へそ曲がり」（へそ是肚臍的意思。這個詞的意思是身體的中心位置沒有肚臍，常用來形容個性扭曲的人）。

單字筆記本

ありのまま	as it is	如實
純粋な	pure	純粹的
素朴な	innocent	樸實的
ねじれる	twisted	乖僻
価値	value	價值
言い返す	talk back	頂嘴
従う	follow	服從、遵從
従順な	obedient	順服的
ゆがむ	distorted	扭曲

甘える／撒嬌

相關關鍵字：**しつけ、内と外、空気を読む、遠慮**

「**甘える**」（撒嬌）指的是向別人索求好意、情感，渴望得到別人的照顧或是幫助的態度或行爲。

最簡單易懂的例子應該就是孩子對父母親的「撒嬌」了。小寶寶爲了得到媽媽的關愛會緊緊抱著媽媽或是故意大哭，而這就是「撒嬌」的行爲。等到稍微長大後，就會爲了買玩具而又哭又鬧，這也算是一種「撒嬌」。

假設這時候父母親完全不予管教，小孩想做什麼就任由他做，想要什麼就買什麼給他的行爲稱爲「溺愛」。「溺愛」會讓孩子變得任性（只以自己爲中心），所以從「教養」（→P.23）的觀點來看，這當然不是什麼好事。

例1：小寶寶跟媽媽**撒嬌**的樣子好可愛。（赤ちゃんが母親に**甘える**姿はかわいい。）

例2：那家的小孩不管想要什麼，都會要爸媽買給他，就是這樣被**寵大**的。（あの子は欲しいものは何でも両親に買ってもらうなど、**甘やかされて**育った。）

雖然「甘える」（撒嬌）這個單字常讓人聯想到小孩子，但其實大人也很常撒嬌。比方說，女性央求戀人「我好想要那個鑽石戒指喔，可不可以買給人家啊」，也是一種「撒嬌」的行爲，在職場遇到麻煩時，期待前輩或上司幫忙也算是撒嬌。

這種對親暱的人抱有「對方一定會答應我的要求」、「對方一定會幫我」的期待，一心想賴在對方身上的情緒其實就是所謂的「撒嬌」。

日本人很常有這種「撒嬌」的心態，但這純粹是因爲日本人重視「自己人」遠勝於「外人」（「內與外」→P.12），也覺得就算什麼都不說，也能了解此的想法（「識相」→P.81）。

但是就常理而言，成人實在不太適合「撒嬌」。不管彼此的關係多麼親近，與別人相處的時候，還是要「客氣」（→P.64）一點。

例3：A「方便的話，要不要中午來我家吃個飯？」（よかったら、お昼、うちで食べていきませんか？）

B「眞的方便嗎？那我就**恭敬不如從命**囉！」（えっ、いいんですか。それでは、遠慮なく、お言葉に**甘えさせて**いただきます。）

像這樣接受別人的好意或幫助時，通常會說「那麼我就不客氣囉」或是「那麼我就恭敬不如從命囉」。

明明交情很好卻還是很客氣的話，有可能會被對方覺得你很「水臭い」（見外），但是太過撒嬌也不行，還是要記得「親兄弟明算帳」這個分寸。雖然「撒嬌」與「客氣」的分寸很難拿捏，但是要打造健全的人際關係，就要懂得隨時切換這兩種模式。

再多了解一點！

心理學者土居健郎在美國進行研究的時候，發現歐美人士之間也有類似「撒嬌」的行為或態度，卻沒有對應的概念或單字，這也使得歐美人士不會特別注意「撒嬌」這種行為。反觀日本，幾乎生活的每個角落都能看到「撒嬌」的行為，也很常使用與「撒嬌」有關的單字，所以不禁讓人懷疑，「撒嬌」該不會是日本才有的特色吧。土居健郎將這些研究成果整理成《「撒嬌」的構造》這本著作後，也在日本人之間引起莫大迴響，一躍成為暢銷書籍。

他在這本書提到，「撒嬌」帶有想與對方合而為一的願望與情緒，而且「撒嬌」這種心理狀態與日本人的各種生活場面息息相關。

單字筆記本

抱きつく	hug	擁抱
受け入れる	accept	接受
寄りかかる	lean against、depend on...	依靠
間柄	relationship	關係
援助	assistance	援助
水臭い	standoffish	見外
～にあたる	correspond to	相當於～
概念	concept	概念
特色	characteristic	特色
反響を呼ぶ	create a sensation	引起迴響
ベストセラー	best seller	暢銷書籍

第二章

在意別人的眼光

人目／世俗的眼光

恥／知恥

照れる／害羞

人目／世俗的眼光

相關關鍵字：**恥、世間**

日本人是很害怕丟臉的民族。「丟臉」與「羞恥」（→P.50）的感覺都挾雜著身邊的人如何看待自己的行動或態度的情緒。把日本人形容成活在別人的眼光之中也不為過。

這裡說的「別人」並非特定的「某個人」，而是身邊的人或是「社會大眾」（→P.18）。這種別人的眼光或是世俗的眼光在日文稱為「人目」。

例1：我想跟她說話，但我不知道**別人會怎麼看我**，所以不敢採取行動。（彼女に話しかけたかったけど、**人目**が気になって、できなかった。）

例2：犯罪總是發生在**社會大眾忽略**的地方。（犯罪は**人目のない**所で行われることが多い。)

我曾聽說某位外國人在日本搭乘電車的時候，被車廂內一片靜默的情況嚇到。這應該是因爲日本人在很多人的公開場合會很在意「別人的眼光」，很怕被別人關注。

日本人到底多麼在意「別人的眼光」呢？這點從日文有許多與「人目」有關的形容就能略窺一二。

「他在母親的葬禮上**不顧他人眼光**，放聲大哭。」（彼は母親の葬式のとき、**人目もはばからずに**、大声で泣いた。）

「把這張海報貼在**引人注目**的位置」（このポスターをどこか、**人目につく**場所に貼っておいて。）

「他總是穿得很華麗，很**引人注目**。」（彼はいつも**人目をひく**ような派手な服を着ている。）

「雖然被公司開除了，但爲了不**引人側目**，還是每天早上假裝去公司上班。」（会社を首になったが、**人目がうるさい**から、毎朝、出勤するふりをしている。）

「現在的年輕人很常做一些**讓人看不下去**的事情，比方說，動不動就在電車裡抱來抱去。」（電車の中で、平気で抱き合うなど、今の若い人の行動には**人目に余る**ものがある。）

「犯罪者的家人通常會低調地生活，盡量**不引起別人的關注**。」（犯罪者の家族は、**人目を避ける**ようにして生活している。）

「以前的情侶可都是**偷偷摸摸**約會喲！」（昔の恋人は、**人目を忍ぶ**ようにして会っていたものですよ。）

「這兩個人總是掩人耳目，偷偷見面。」（二人は、**人目を盗んで**、密会を重ねていた。）

從這些片語可以發現，日本人真的很在意周遭與世俗的眼光。或許現代人已不像過去那麼在意，但是「別人的眼光」還是深深地影響著每個人的行動與態度。

再多了解一點！

與「人目」有關的說法之所以會這麼多，代表日本人真的活在別人的看法與世俗的眼光之中，但其實「人目」這個單字也出現在《萬葉集》的短歌之中。

「うつせみの**人目**繁けば　ぬばたまの夜の夢にを継ぎて　見えこそ」（**世俗的耳目**眾多，請來我的夢中相見。）

「うつせみの**人目**を繁み　石橋の間近き君に　恋わたるかも」（受**世俗眼光**所阻，難以與近在咫尺的妳相見，引得萬般思念。）

「かくばかり面影にのみ念ほえば　如何にかもせん　**人目**繁くて」（妳的倩影浮現腦海，卻因**世俗的眼光**難以相會。）

《萬葉集》收集了傳說時代到西元八世紀中葉的和歌，是日本最古老的和歌集。內有四千五百首，上至皇族、貴族，下至庶民百姓，各階層吟詠的和歌。從這本《萬葉集》中不難發現，早在如此遙遠的時代裡，日本人就是一邊顧慮世俗的眼光，一邊談戀愛或是生活。

大げさな	exaggerated	誇張的
特定の	a certain...	特定的
視線	line of sight、gaze	視線
ふりをする	pretend	假裝
密会	secret rendezvous	密會
薄れる	fade	淡去
恋しい	long for	思念
面影	visual image in memory	回憶中的身影
和歌	A genre of Japanese poetry and a major genre of Japanese literature	和歌
皇族	imperial family	皇族
貴族	the nobility	貴族
庶民	the people	庶民
階層	class	階級

恥／知恥

相關關鍵字：**世間、人目、武士道**

每個人都是在所屬的社會之中有一席屬於自己的位置，一邊貢獻一己之力，一邊在這個社會生存，而這樣的人會得到「社會」（→P.18）的讚賞，每個人也都是在社會大眾的眼光之下生活。

因此，只要不小心失敗，或是自己的缺點曝露在陽光之下，抑或犯了罪，都會損及自己的評價，而這種自尊或名譽受損的心情就是所謂的「**恥ずかしい**」（可恥）。

「丟臉」、「失禮」、「沒臉見人」、「沒面子」都是用來形容「在別人眼中的評價受損，很可恥」的心情，此時日文通常會說成「恥をかく」。

例1：我約女朋友吃飯，卻忘記帶錢包，好**丟臉**。（彼女を食事に誘ったのに、財布を忘れて**恥をかいた**。）

例1當然也能將「恥をかいた」換成「恥ずかしかった」，但「恥をかいた」具有被女朋友、店家這些人知道忘記帶錢包，覺得很丟臉、「很可恥」的意思。換句話說，「恥ずかしい」只代表主觀或個人的情緒，但「恥をかく」卻帶有些許客觀的語氣。

比方說，不小心滑倒的時候，只要沒被別人發現，大概只會跟自己說「こんなところで転ぶなんて、ちょっと恥ずかしい。」（居然在這種地方也會跌倒，真的是有點丟臉。），不會說成「恥をかいた」。比起個人的感覺，「可恥」這個感覺更常源自世俗的「眼光」、社會的評價或是道德觀，

日本人非常在意別人對自己的看法（「人目」→P.44），所以非常害怕「丟臉」。反之，會以「恥を知らず」罵那些不知羞恥，做壞事也無所謂的人。

例2：爲了錢背叛朋友，你還眞是**不知羞恥**啊！（お金のために友人を裏切るなんて、君はなんという**恥知らず**人間だ。）

也就是說「知恥」是成爲社會的一份子，度過社會生活非常重要的一環。「恥知らず」是對人格的嚴重批評，而「**みっともない**」（不像樣）或「**見苦しい**」（看不下去）則是程度較輕的責備。日本人很常說「みっともない格好」（不像樣）、「見苦しい態度」（讓人看不下去的態度），但這些說法與本人的心情無關，通常是指別人的觀感很差，「給外人（社會）的印象很糟」的意思。

例3：穿著那麼髒的衣服很不像樣，快點換下來。（そんな汚れた服を着て、**みっともない**からすぐ脱ぎなさい。）

日本的家長很常用例3的方式罵小孩，這時候的家長並不是眞的很討厭小孩穿著髒衣服這件事，而是覺得「這副鬼樣子被外人看到的話，自己（全家）會很丟臉」，換言之，是因爲在意「世俗的眼光」才這樣罵小孩。

美國文化人類學者露絲・潘乃德在《菊與刀》這本書提到，日本人是擁有「恥感文化」（shame culture）的民族，一舉一動都以「知恥」爲價值基準，這也是日語會有許多與「世俗的眼光」有關的慣用語的原因。

再多了解一點！

在不同的社會或時代之中，人們引以為恥的原因也會跟著改變。

於平安時代中期（約西元十世紀左右）出生的武士會為了主人趕赴戰場，也會因為戰功而受封土地，藉此養活整個家族。最先策馬衝入敵陣，勇敢作戰的行為稱為「**一番乗り**」（一馬當先），也是武士最高的榮耀。

反之，缺乏勇氣的行為是武士之「恥」，尤其「背後受傷」（**後ろ傷**）最是可恥，因為這意味著害怕敵人，想要臨陣脫逃，才會被敵人砍中背後。換句話說，在戰場讓「敵人看到背後」（**敵に背中を見せる**）是一件最「可恥」的事情。進入江戶時代（一六〇三～一八六八年），沒有大型戰爭之後，武士便漸漸地不像武士，所以才需要進一步提倡「武士原有的樣貌」，而這就是所謂的「**武士道**」（→P.163）。就算不再需要作戰，也要抱持著願意為了主人捨命作戰的覺悟（「忠誠」），不害怕獻出生命，不為金錢所惑也被視為武士應有的美德。失去身為武士的驕傲在當時是最大的恥辱。若從江戶時代備受重視的武士道來看，鎌倉時代（一一八五～一三三三年）那些為了獎賞作戰的武士恐怕很可恥。就這點來看，「武士道」的確有著過於理想化的一面。

從鎌倉時代到明治維新這段七百年左右的時間裡，武士一直都是社會的核心，所

單字筆記本

属する	belong to	隸屬於
名誉	honor	名譽
客観的な	objective	客觀的
道徳的な	ethical	與道德有關的
裏切る	betray	背叛
人格	character	人格
文化人類学	cultural anthropology	文化人類學
価値基準	standard of value	價值基準
褒賞	reward	獎賞
陣地	position	陣地
勇敢な	brave	勇敢的
命をかけて（～する）	a do-or-die...	賭上性命
覚悟	preparedness	覺悟
欲望	desire	慾望
美徳	virtue	美德
誇り	pride	自豪
理想化する	idealize	理想化
明治維新	the Meiji Restoration	明治維新
行動原理	behavioral principle	行爲準則

照れる／害羞

相關關鍵字：内と外、控えめ

「你身上那件衣服好好看喔」或是「太太，好漂亮啊」，當聽到這類讚美時，你會如何回應？

有些人可能會直接回答「謝謝」或是「我也這麼覺得」，但日本人通常會在這種時候回答「過獎了，這件衣服很普通啦」或是「沒有啦，哪有那麼漂亮」，而且露出很不好意思的表情。這種態度在日文就稱爲「**照れる**」（害羞）。

爲什麼被別人讚美會覺得不好意思呢？

大部分的日本人都覺得赤裸裸地表達情緒是不該有的行爲，也是不夠謹愼自持的行爲（→P.172），所以再怎麼開心、難過，也不會反應在表情上。

不管是誰，聽到讚美絕對是開心的，但是又覺得喜形於色是件丟臉的事，所以心情很是複雜。此時的心情會以「**照れ臭い**」（難爲情）這個日文形容。在衆人面前失敗會覺得「很丟臉」，但在大家的面前被稱讚會有「很難爲情」的感覺，這就是日本人的特色。

例1：被誇成那樣，眞的是很**害羞**耶。（そんなに褒められたら、**照れる**なあ。）

例2：那位美人是您的夫人嗎？幫大家介紹一下，不要那麼**難為情**啦。（あちらのきれいな方は奥様ですか。**照れないで**紹介してくださいよ。）

在聽到別人說「你太太好漂亮耶」的時候回答「這樣很難爲情耶」的話，等於是默認「其實我也這麼覺得，只是不好意思說出來而已」。

或許是因爲武士通常會抑制自己的情緒，所以日本男人才會有那麼多是「容易難爲情的人」。日本男性不太會直接對情人說「我愛妳」，也不太會在外人面前稱讚自己的家人，但這絕對不是不愛對方，只是覺得不好意思而已。

類似「照れる」的日語還有「**きまり悪い**」（有違常識、難爲情、丟臉）。「照れる」還是「恥ずかしい」的心情都可用「きまり悪い」一詞形容。比方說，不小心闖入部長與課長的祕密會議，或是與另一半一起看電影的時候，不小心被對方發現你因爲劇情而偷偷掉淚時，都可利用「きまり悪い」這個詞形容當下的情緒。換言之，看到不該看的東西或是內心的想法或情緒不小心被對方知道時，都可以利用這個詞形容不知所措的心情。因爲「不知道當下該怎麼反應」所以才覺得「きまり悪い」。

如果是在能夠坦率地表達心情的文化之中長大的人，或許會覺得那些常常感到難爲情或丟臉的日本人很奇怪吧。

再多了解一點！

日本人非常重視「內與外」（→P.12）的差異，而且不太喜歡與「外人」提到「內」，也就是家庭這類事情，就算有必要提及，哪怕是值得驕傲的事，也絕對不會一臉得意地自吹自擂（「低調」→P.122）。

所以聽到別人稱讚自己的家人，通常會謙虛地回應，或是故意自貶。比方說，在下列這類被別人稱讚的例子裡，日本人通常會以自貶的方式回應。

A「妳家小孩好像很會讀書耶！」

B「沒有啦，我家小孩整天都在玩，我都不知道該怎麼管他了。」

A「你家太太好像很會畫畫耶！」

B「沒這回事啦，我家那個女人的畫跟幼兒園小朋友的塗鴉沒兩樣啦。」

日本人若是聽到家人被別人稱讚時，內心雖然開心，但就是會選擇這樣回應，沒辦法坦率地說出「對啊，我也這麼覺得」。因為覺得「難為情」，所以只好言不由衷了。

此外，「**照れ笑い**」則是用來形容在這種心理狀態之下，一笑置之，含糊帶過的狀態，至於「**照れ隠し**」則是用來形容為了掩飾心中的難為情而傻笑或是說反話的行為。「照れる」可說是非常具有日本特色的情緒吧。

單字筆記本

ストレートに	straightforward	直接了當
密談	backroom meeting	密談
得意になる	act conceited	自豪
自慢する	boast	自誇
抑える	restrain	抑制
謙遜する	humble oneself	謙虛
どら息子	lazy son	調皮搗蛋的小孩
お絵描き	painting and drawing	塗鴉
内心	in the back of one's mind	內心
本心	genuine feeling	心聲
ごまかす	elude	敷衍

第三章

在意周圍的眼光

遠慮／顧慮

気をつかう／費心

人並み／與常人無異

空気を読む／識相

遠慮／顧慮

相關關鍵字：**控えめ、気をつかう**

「**遠慮**」這個日文的意思是「用心思考對方的情況或不方便」，但「**遠慮する**」則通常是「深思熟慮之後，不做某件事」的意思。

例1：本來是想立刻打電話給前輩，但已經很晚了，就沒打這通電話了。（先輩にすぐに連絡をとりたかったが、深夜だったので、電話するのは**遠慮した**。）

例2：**上司**「今晚要跟A去喝酒，你來不來？」（今晩、A君と飲みに行くけど、君も来ないか。）

部下「不好意思，今天有點事，**還是先不去了**。」（すみません。今日はちょっと、**遠慮して**おきます。）

例1的「遠慮した」有「因爲很晚了，所以沒打電話」的意思。例2的「遠慮します」則是常用來拒絕邀約的句子。照理說，「遠慮する」是顧慮對方的情況而「不做某事」的意思，但通常是因爲「自己不想做某事」，所以才如此婉拒對方。

例3：A「不要**客氣**，開動吧！」（さあ、どうぞ**遠慮なく**召し上がってくださ い。）

B「那我就不**客氣**囉。」（すみません。それでは、**遠慮なく**いただきます。）

「（どうぞ）遠慮なく」常在勸誘別人做某事，或是要給對方物品的時候使

用。之所以會在對方什麼都沒說之前，就先說「遠慮なく」，是因爲日本社會有「接收好意的人，一定會覺得不好意思」這種理所當然的想法。

例4：那個人很**客氣**，我還蠻中意他的。（あの人はとても**遠慮深くて**、好感が持てる。）

例5：初次見面就一直問個人隱私，也太**不客氣**了吧。（初対面でプライベートな質問ばかりするのは**無遠慮**すぎる。）

「遠慮深い人」指的是低調（→P.122），做事謹慎的人，就某種程度而言，是在稱讚這樣的人。反之，「遠慮のない人」或「無遠慮な人」當然是一種批評。與「無遠慮」相近的詞彙還有「**ずうずうしい**」（不知羞恥）或「**あつかましい**」（厚臉皮）。

例6：怎麼可以不經允許就隨便拿別人的東西來吃，眞的很**不知羞恥**耶，難道你不懂得**客氣**嗎？（人のものを勝手に食べるなんて**ずうずうしい**。**遠慮**ってものを知らないの？）

明明別人很困擾卻不以爲意，或是硬要別人幫忙的態度就會以「ずうずうしい」或是「あつかましい」形容對方。

一如「遠慮深い」是讚美，「遠慮がない」是批評，日本人在與別人相處時，會時時要求自己體察對方的心情或狀況。

所以從不怎麼親近的人手中收到伴手禮的時候，通常會先予以婉拒，如果對方還是希望你收下，才會說「那我就不客氣了」（それでは遠慮なく），然後收下禮物。

此外，日本人也很常說「關係再好也不能沒禮貌」（親しき仲にも礼儀あり）。意卽就算是再熟稔的朋友，也要站在對方的立場，顧及對方的情況。

例7：請勿在此抽菸。（ここでタバコを吸うのは**ご遠慮ください。**）

例7這種警語很常在大街小巷看到。這裡的「ご遠慮ください」通常是「請不要做某事」的意思。「遠慮する」本來是「根據狀況或別人的心情自行判斷」的意思，所以要對方「顧慮其他人的心情或狀況」聽起來好像有點怪怪的，不過，比起「請不要做某事」這種直接了當的禁止，「ご遠慮ください」更有要求對方多想想的語氣，比起單方面的禁止，語氣更加柔和。所以要向不特定的大眾告知訊息，或是店家希望客人不要做某些事情的時候，都傾向使用「ご遠慮ください」這種說法。

「遠慮」這個詞可說是充份表現了日本人體貼對方（→P.64）的感性。

再多了解一點！

「遠慮」這個單字在中文裡是「望向遙遠的未來」，有未雨綢繆的意思。比方說，孔子語錄《論語》就有「人無遠慮，必有近憂」這句話，意思是不懂得思考未來的事，很快就會遇到煩惱的事。

當這個詞彙轉化為日文之後，在現代比較接近「配慮」（顧慮）的意思，也就是「在意周遭的人或對方的想法，避免自己在當下做出不合宜的行為」，而這一切都是因為日本人「很在乎自己與對方之間的關係」。日本人這種「顧及對方立場或狀況（遠慮する）」的態度，在其他文化圈的人眼中，有可能是一種「消極的」、負面的態度，但反過來說，日本人也可能覺得那些「積極的」行為很「粗魯」（無遠慮だ）。

日本人總是希望在日常生活之中，減少人際關係的摩擦，所以「顧及對方的想法」的「遠慮」在日本人的人際關係之中，可說是非常重要的「潤滑油」。

單字筆記本

婉曲な	indirect	委婉的
交際する	associate with	來往
判断する	judge	判斷
ニュアンス	nuance	語感
一方的な	one-way	單方面的
見通す	look beyond	預測
配慮（する）	make considerations for	顧慮
ふさわしい	appropriate	合適的
文化圏	cultural sphere	文化圈
摩擦	friction	摩擦
潤滑油	lubricant	潤滑油
役割を担う	take on a role	承擔職責

気をつかう／費心

相關關鍵字：人目、内と外

「**気をつかう**」的意思是在意對方會不會覺得不舒服，設身處地爲對方著想的意思。

日本人的一言一行都非常在意眼前或是身邊的人的看法（「人目」→P.44）。比方說，從別人手中收到禮物或是聽到別人說謝謝的時候，很常會以「不好意思」回應。

例1：A「這個是上次去旅行買的伴手禮，送給你。」（これ、旅行のおみやげです。どうぞ。）

B「啊，眞是不好意思，讓你這麼費心……」（すみません、**気をつかっ**

ていただいて……）

例1的「不好意思」有自己讓對方「費心」，覺得過意不去，以及感謝對方如此體貼的心情。

日本人若是去旅行，回來之後一定會替同事或是親友帶伴手禮，這是因爲擔心只有自己去玩，造成別人的麻煩，而且在收到伴手禮的時候，通常都會附帶一句「啊，眞是不好意思，讓你這麼費心」（すみません、お気づかいいただいて……）這類感謝。等到下次自己去旅行的時候，也會在回來之後，跟對方說「上次你也送了伴手禮，所以這次我也帶了點伴手禮回來」，然後將伴手禮交給對方，一來一往，樂此不疲。

換句話說，不管是送禮還是收禮，日本人的「伴手禮文化」建立在「在意對方」這個基礎上。

雖然日本人平常就很在意身邊的人，但是往往更在意地位比自己高的人，或是

「外人」（「內與外→P.12」）。

例2：雖然社長在開會的時候說錯話，但大家都**假裝**沒注意到。（会議の席で社長が間違ったことを言ったが、みんな**気をつかって**気がつかないふりをした。）

例3：比起**費心**招待顧客的豪華大餐，跟家人吃飯還比較輕鬆與美味。（お客さんに**気をつかいながら**食べる豪華な接待の料理よりも、家族と気楽に食べる食事のほうがおいしい。）

太過在意別人，搞得自己筋疲力盡的日文是「**気疲れ**」。對身邊的人用心，固然可以建立圓滑的人際關係，但有許多日本人都因爲這樣而心力交瘁。

再多了解一點！

「気をつかう」或「気をつける」的「気」源自古時候的中文。其實「元気」、「気分」這類耳熟能詳的單字也有同樣的淵源，但「気」這個字在中國也有很多意思。所以日文吸納這個字之後，就衍生出更多意義微妙的單字。光是只以一個「気」組成的慣用語就有無數多個。

「気を付ける」（提高注意力）
「気をもむ」（擔心很多事）
「気を配る」（顧慮每個部分）
「気を回す」（想太多、想像太多）
「気疲れする」（過於在意而心力交疲）
「気に病む」（憂心忡忡）
「気が置けない」（不需費心）

「気」與各種精神層面的變化有關，所以在使用上產生了許多不同的語意，而右側的所有範例都有「在意對方或是身邊的人，思考對方的立場與想法」的意思。

目上（の人）	higher ranked、superiors	地位較高的人
ふりをする	pretend	假裝
豪華な	luxurious	豪華的
接待	business entertainment	接待
気楽に	be at ease	輕鬆地
円滑にする	make smooth、facilitate	流暢、順利
微妙な	subtle	微妙的
無数に	infinitely	無數地
配慮（する）	make considerations for	顧慮
精神	spirit	精神

人並み／與常人無異

📌相關關鍵字：**恥**

不管是哪個國家的人，應該都討厭「丟臉」，但日本人尤其害怕「丟人現眼」（「恥」→P.50）。日本人之所以很少在開會的時候發言，是因為害怕自己在不了解別人的意見發言之後，才發現自己的意見與大家不同，會覺得很丟臉，所以一言一行才會那麼保守，避免自己太受人注目。

日本人很喜歡「人並み」這個字眼。從字面來看，意思是「與常人無異」，通常會以「人並みの生活」（與常人無異的生活）、「人並みの給料」（與常人無異的薪水）、「人並みの能力」（與常人無異的能力）的方式使用。

例1：就算沒能成為有錢人，能擁有**與常人無異**的生活就夠了。（お金持ちにならなくても、**人並み**の生活ができれば十分です。）

例2：只要能拿到**與常人無異**的薪水就夠了，不一定非得飛黃騰達。（**人並み**の給料させもらえれば、出世しなくてもいい。）

問小孩「將來的夢想是什麼？」常會聽到「想要成爲運動選手」或是「想要成爲公司老闆」，但長大成人之後，答案通常會是「只要能擁有與常人無異的生活就夠了」。

就算能力眞的很強，在衆人面前被問到能力如何時，多數的日本人還是只會回答「跟大家差不多」。

例3：**A**「你英文很厲害吧？」（英語、お上手なんでしょう？）

B「沒有啦，就**跟大家差不多**啊。」（いやいや、まあ、**人並み**ですよ。）

例3這種回答固然是因爲謙虛，但某個程度也是希望自己不要太引人注目。

之所以在開會的時候被問到「你的意見是?」常會得到「跟大家一樣」的答案，都是因爲大部分的日本人都希望自己「與常人無異」。一旦比別人有錢或是地位高於別人，就很可能樹大招風，惹人妬恨，但也不希望自己比別人來得差，所以最理想的就是「與常人無異」。

不過，日本社會越來越國際化，網路也越來越普及，能表述意見的空間也越來越多，所以這種「與常人無異」的想法似乎正慢慢地改變。

再多了解一點！

日本人總是會在日常生活之中，不斷地提醒自己不要太引人注目。

「槍打出頭鳥」（出る杭は打たれる）

「樹大招風」（高木は風に折らる）

從這些成語不難發現，太出風頭，太過搶眼容易招致反感。融入人群才會讓人覺得安心。

「與常人無異最安心」這種想法可說是日本人一邊顧慮到身邊的人，一邊與別人和平共處的生活智慧。

單字筆記本

慎重な	cautious	謹慎的
文字通り	literally	顧名思義
出世する	advance	飛黃騰達
謙遜する	humble oneself	謙虛
地位	social status	地位
妬む	grudge	嫉妬
恨む	resent	懷恨
普及	spread	普及
杭	stake	木樁
反感を持つ	feel antipathy toward	覺得反感
配慮する	make considerations for	顧慮
生活の知恵	wisdom of living	生活智慧

空気を読む／識相

相關關鍵字：人並み、ほのめかす

「ＫＹ」這個詞差不多是在二〇〇七年左右開始流行。「Ｋ」是「空気（Kuuki）」的首字，「Ｙ」則是「読めない（Yomenai）」的首字，至於「ＫＹな人」則通常是指「不懂得閱讀空氣的人」。此時的「**空気**」是指「現場的氛圍或是在場每個人的心情」，「**読む**」則有「體察、推測」的意思。換言之，「**空気を読む**」就是體察在場每個人的心情，再採取適合的行動。

從年輕人或小孩子會以「あの人、ＫＹだよね。（那個人不懂得閱讀空氣對吧）」這句話批評別人的現象可以得知，日本社會要求每個日本人從小就要懂得顧慮別人，再採取應有的行動。

例1：你居然想在這麼忙的時候休假，稍微**識相**一點吧你。（この忙しい時期に自分だけ休みたいなんて、ちょっと**空気を読め**よ。）

例2：**A**「鈴木一直在剛失戀的田中面前誇讚自己的女朋友，還眞是不懂事啊～」（失恋した田中さんの前で、鈴木さんが恋人の自慢話ばかりするから、こまっちゃった。）

B「鈴木眞的很**不識相**耶。」（鈴木さんって、ほんと**空気読めない**ね。）

日本人通常不想在群衆面前表達自己的意見，所以總讓外國人有種「日本人到底在想什麼」的疑惑，不過，習慣閱讀空氣的日本人卻總是能在不需交換隻字片語的情況下互相理解，這種默契就稱爲「**暗黙の了解**（不多做解釋，大家也都知道的意思）」。

其他還有「**以心伝心**（就算一句話都不說，也能與對方心靈相通）」或是「**言**

わぬが花（沉默是金）」這類日本人很喜歡的說法，可見日本人真的覺得「不說半句話也能懂」這件事很重要。

還有「**口は災いのもと**（禍從口出，所以不要亂說話）」這種成語。

如果跟在場的人不太熟識，或是不太知道現場的氣氛，日本人通常會靜靜地待在一旁，不會說出自己的意見，不然就是跟別人做一樣的事情（「人並み」→P.76）。

再多了解一點！

「空気を読む」的「読む」有根據某事或某物，推測渾沌不明之事的意思。比方說，「来年の世界の経済動向を読む」（判讀明年全世界的經濟動向）的「読む」就是其中一例。

日本人通常不喜歡把話說得太明白，喜歡透過態度或表情，似有若無地讓對方知道自己的心意（「ほのめかす」→P.127）。如果對方能在這種情況下了解自己的心意，就會非常開心，會覺得對方很懂自己，所以每個日本人都需要擁有察顏觀色的能力。

與「空気を読む」類似的說法還有「**相手の腹を読む**」。

這裡的「腹」有背地裡的意圖、想法的意思，而這句話則是推測這些意圖或想法的意思，日本人很常在日常生活使用「**相手の腹**（想法）がわからない」（不知道對方打什麼主意）、「**腹を決める**」（下定決心）、「**腹の探り合い**」（互相揣測對方的意圖）、「**腹にもないことを言う**（說了完全沒想過的事）這類說法。至於「そのことは腹にしまっておけ」則有那些想法或是意圖別說出來，放在心裡就好的意思。

這些說法都充份地說明了日本人有多麼不愛把話說清楚的習性。

「目は口ほどにものを言う（看到眼神就知道對方的想法，如同對方直接了當地說出自己的想法）」

如果沒有察顏觀色的能力，就算看到對方的眼神，恐怕也不知道對方在想什麼。要在日本社會生存，「讀懂空氣」是必要的能力。

單字筆記本

略語	abbreviation、acronym	縮寫、簡稱
推測する	guess	推測
配慮する	make considerations for	顧慮
自慢話	boastful account	吹噓
黙る	be slient	沉默
うっかり（～する）	accidentally	不小心
意図	intention	意圖
観察眼	discerning eye	察顏觀色的能力
判断する	judge	判斷

專欄

從日常會話開始學①

「路上小心」——問候很重要！

＊清晨，在路上遇見鄰居的話

伊藤「早安。」
山田「早安。」
伊藤「今天很冷耶！」
山田「真的，完全就是冬天了耶。」
伊藤「您待會是要去上班嗎？」
山田「嗯。」
伊藤「路上小心。」
山田「我出發囉！」

日本人很常在早上遇見彼此的時候，如此打招呼。雖然說的都是一些雞皮蒜毛的小事，但這類問候卻會讓日本人覺得很舒心。

各個國家都有自己的問候語，而日本人則非常重視這類問候，在遇到別人或是與別人說再見的時候，通常都會以季節或是氣候做爲開場白，而這些問候語也是日本人的一種感性，證明日本人多麼重視日常生活以及人際關係。

要是你早上在公司遇到上司的時候默默地走掉，沒跟上司道早安，這位上司恐怕會覺得「你是不是身體不舒服？」還是「你對我有什麼不滿嗎？」反之，當你問候了對方，對方卻沉默得像顆石頭時，你應該也會很介意吧。由此可知，在日常生活之中，「問候」就是如此地重要。

日本人在問候對方的時候，其實不會想太多，但也是透過彼此的問候認同對方的存在。尤其在公司更是如此。同事之間互道「慢走」、「你回來了啊」，會讓彼此有種「我們是自己人」（→P.12）的感覺。

此外，「開動了」或「多謝款待」這類用餐之際的問候語也有讓身邊的人知道，你很感謝種米的農夫、捕魚的漁夫、幫忙煮這餐的人、請客的人的意思。日本人從小就被「教導」（→P.23）這種打招呼的習慣，所以就會習慣成自然，在該問候彼此的時候，脫口說出這些問候語。

第四章

重視人際關係

つきあい／相處
愛想／抱有好感、和藹
礼儀／禮儀
本音と建前／真心話與場面話
おかげさま／承蒙照顧

つきあい／相處

相關關鍵字：**義理**

「つきあい」（相處、來往）是源自動詞「つきあう」的單字。「つきあう」原本是「男女交往」的意思，但因爲日本人很重視人與人的交際，所以慢慢地衍生出「（比起自己的情況，更重視對方的情況）與對方一起做某事」的意思。

例1：聽說山田與**交往**快十年的女朋友分手了。（山田君は十年近く**つきあった**彼女と、最近別れたそうだ。）

例2：明明累得想早點回家，卻還是**陪**前輩去喝了酒。（疲れていたので早く帰りたかったが、先輩に**つきあって**飲みに行った。）

例1是「男女交往」的意思，但例2卻是因爲重視與前輩的人際關係或是「人情義理」（→P.187），陪前輩去喝酒的意思。

這種重視人際關係，與他人來往的行爲就稱爲「**（お）つきあい**」。

例3：老爸爲了與客戶增進感情，每個週末都去打高爾夫球。（父は取引先との**おつきあい**で、毎週末ゴルフに行っている。）

例4：那傢伙很難相處，以後不約他了。（あいつは**つきあいが悪い**から、もう誘うのはやめよう。）

日本人若是被朋友或是職場的人約去聚餐的時候，在乎的不是「自己想不想去」，而是以彼此的交情爲優先，再決定要不要赴約。這時候日本人往往會告訴自己「上次已經拒絕一次了，這次非去不可」或是「雖然有事，但前輩都出席了，我也該出席」。

如果實在有事，沒辦法參加，也通常會回答「我會去露個臉」（顔を出す）。「顔を出す」這句話的意思是「我不會待太久，露個臉就走」。或許大家會覺得「既然立刻要回家，那幹嘛還參加？」這是因為對方也很在意你是否出席，所以連露個臉都不願意的話，留給對方的印象可是大不相同。

如果每次約你，你都拒絕的話，可能會被別人貼上「很難相處」的標籤。一旦在重視人際關係的日本社會之中，被別人認為「你很難相處」的話，日後可是會處處碰壁的，所以就算要拒絕別人的邀約，也得盡可能避免被貼上「很難相處」的標籤。

上班族在下班後，陪上司或同事喝酒稱為「**飲みニケーション**」（喝酒談心）。這是從「飲む＋コミュニケーション」衍生而來的單字，意思是下班後，在可以放鬆心情的場所一起喝酒，增進彼此感情。這個單字曾有段時間被人遺忘，但近年來，職場的溝通不良或是壓力又成為一大問題，所以這個單字又捲土重來，重新得到大眾的注意。

單字筆記本

交際（する）	associate with	交往
取引先	business partner	客戶
印象	impression	印象
不利	disadvantage	不利
円滑にする	make smooth、facilitate	圓滑
死語	old fashioned word	落伍的詞彙
ストレス	（physical and mental）stress	精神壓力

愛想／抱有好感、和藹

相關關鍵字：つきあい、気をつかう

「**愛想**」（あいそ・あいそう）指的是讓別人抱有好感、很和藹的態度，具體來說，會透過問候的方式、用字遣詞或是表情呈現。從事服務業的人特別需要讓別人喜歡，日本人的日常生也少不了這樣的關係。

例1：這家店的每位店員都笑嘻嘻的，**讓人覺得很舒服**。（この店の店員は、みんなニコニコしていて**愛想がいい**。）

例2：鈴木前輩總是很**冷淡**，讓人很難搭話。（鈴木先輩はいつも**無愛想**だから、声をかけづらい。）

所謂「愛想がいい（人）」指的是表情、態度都很開朗，很容易親近的人，而那些跟他打招呼或聊天都沒有回應或是面無表情的人，就會以「愛想が悪い」、「愛想がない」或是「無愛想だ」形容。

不過，「愛想がいい」有時候也會用來諷刺別人。

例3：她總是**口惠**而實不至，眞正需要她幫忙的時候都找不到人。（彼女は**愛想がいい**ばかりで、肝心なときには助けてくれない。）

比起「愛想が悪い」，「愛想がいい」當然比較好，但如果不是發自內心，只是淪於表面的關懷，那反而會引起反效果。比方說「**愛想笑い**」就是其中一例。這句話的意思是「皮笑肉不笑」，指的是明明就不是眞的覺得開心，卻爲了與對方維持良好的關係而硬是擠出笑容。

例4：課長總是一副**皮笑肉不笑**的樣子看部長臉色。（課長は部長の機嫌を伺って、いつも**愛想笑い**をしている。）

「愛想」這個字也有很多種使用方法。

例5：一直被他借錢，借到**覺得很煩**。（何度も借金を頼まれて、彼には**愛想がつきた**。）

「**愛想がつきる／愛想をつかす**」的意思是因爲某些原因，「不再體諒某個人，或是不再關心某個人」。

與「愛想」相似的字還有「**愛嬌**」。「愛嬌」是小孩或女性可愛的動作或表情，常會說成「この子は愛嬌がない」或是「彼女は美人ではないが愛嬌のある顔をしている」。

在重視人際關係的日本社會之中，與人為善是一件非常重要的事情，但可千萬別變得「皮笑肉不笑」（愛想笑い）喲。

再多了解一點！

有一些日語很讓人覺得不可思議，例如在壽司店結帳的時候聽到的「お愛想」就是其中一例。

在拿到客人付的錢之後說「愛想」的確是有點奇怪，不知道是因為要客人掏錢出來不好意思才說，還是幫客人結帳是店家最後能做的「服務」，所以才會說「お愛想」，總之理由不是很確定。

但不管怎麼說，「愛想」都是店家為了款待客人該做的事情。

話說回來，很常聽到客人在結帳的時候跟店家說：「お愛想をお願いします」「愛想」原本是店家該做的事情，所以從客人口中說出的「お愛想」的確是有點奇怪吧。

單字筆記本

表情	facial expression	表情
サービス業	service industry	服務業
皮肉	sarcasm	諷刺
肝心な	critical	關鍵的
本心	genuine feeling	內心話
機嫌をうかがう	read one's mood	看臉色
しぐさ	gesture	小動作、一舉一動
勘定（する）	pay	結帳
もてなす	welcome	招待

礼儀／禮儀

相關關鍵字：義理、しつけ

若從人際關係的層面觀察日本社會，就會發現除了「義理」（→P.187）或「遠慮」（→P.64）這兩種非常重要的概念之外，「**禮儀**」也是同等重要的概念之一。

基本上，「禮儀」就是尊敬別人的意思。在日本社會之中，每個人該遵守的「禮儀」會隨著年齡、立場的高低或是與別人的親疏遠近而有所不同。日本人之所以如此講究禮儀，應該是因為日本人的性格很認真，而且過去有好長一段時間是武士社會的關係。

日常問候、用字遣詞、行禮方式都是該遵守的禮儀之一，如果不知道該在什麼時候遵守這些禮儀，就會被貼上「**礼儀知らず**」（不懂禮儀的人、失禮的人）的標籤。

例1：隔壁鄰居的男主人管小孩管得很嚴，所以每個小孩都很**懂禮貌**。（隣の家のご主人はしつけが厳しいので、子どもたちはみな**礼儀正しい**。）「しつけ」→P.25

例2：明明才剛進公司，怎麼會沒跟前輩打個招呼就回家，眞是**不懂禮貌**的傢伙。（新人なのに先輩にあいさつもしないで帰るなんて、なんて**礼儀知らず**なやつだ。）

日本人在平日就非常重視禮儀，對於那些失禮的一言一行可說是非常敏感，尤其在家或是在學校都會被要求要懂得打招呼。

比方說，在進出別人的房間時，或是要比同事早一點下班時，通常都會說聲「失礼します」（先走了）。或許大家會覺得這只是很普通的問候，但如果一聲不響地闖入別人的房間或是比別人早一步離開辦公室，日本人都會覺得這種人很失禮。比起知道要遵守禮儀，更重要在於能不能眞的將「失礼します」這句問候掛在嘴邊。就算你與對方非常親近，不懂得在進入房間或是先回家的時候打招呼，還是會給人很沒禮貌的印象。

日本公司會在最初的新進員工訓練時，嚴格訓練員工與兼職員工，讓他們知道該怎麼打招呼。由此可知，日本社會就是這麼重視問候。

雖然禮儀包含了敬語、個人舉動、態度、禮貌以及各種元素，但最基本也最重要的，應該就是問候這件事了。（「問候很重要」→P.87）

再多了解一點！

一如劍道、柔道這類傳統運動競技的世界有「**始於禮，終於禮**」（礼に始まり、礼に終わる）的概念，一般社會也非常要求每個人「遵守禮儀」。

另一方面，也有「**無礼講**」這個單字，「無礼」（無禮）的語氣比「失礼」（失禮）來得強硬一些，而「無礼講」（不講輩份）這個單字則通常會以「今日の宴会は無礼講だ。遠慮なく飲んでくれ」的方式使用，意思就是不需在意地位、年齡，也可以暫時放下那些繁文縟節，盡情喝個痛快吧。不過，這句話只有地位較高的人才可以說，而且也不是可以真的放肆，所以「無礼講」的意思比較接近「気楽に」（放輕鬆）的感覺。

此外，還要介紹「**慇懃無礼**」這個單字。這個單字有「雖然很客氣，很懂禮貌，但只是淪於表面，內心其實看不起對方」的意思，也有「表面工夫做得很足，卻不是發自真心」的意思。如果只重視禮儀的形式，卻沒有半點真心的話，最終還是會「失禮於人」。

其實日本人在不久之前，都還是習慣在榻榻米上面生活。榻榻米是利用稻穗製作的厚墊子，坐在榻榻米上面的時候，保持「**かしこまる**」（敬畏、謹言慎行）的態度才是舉止有禮的表現，而這種態度或表現就是「正座」這種屈膝而坐的正式坐姿。

參加葬禮、婚禮、去別人家拜訪的時候，或是其他正式的場合，一直採取正座會很累，腳也很麻，但只要對方沒有說「不用坐得那麼拘束」（どうぞ膝を崩してください）或是「坐得輕鬆一點就好」（お楽になさってください），就得一直維持符合禮儀的正座。是說現代都是坐椅子，所以輕鬆許多了……

「かしこまる」源自「かしこむ」這個單字，有「敬畏」對方的意思。所以正座除了是一種敬畏對方的表現之外，在聽到對方的委託或是命令時，也會為了讓對方知道自己有多麼重視對方而回應「**かしこまりました**」（遵命）。

敬意を表す	show respect	表達敬意
お辞儀をする	bow	行禮
言動	language and behavior	一言一行
敏感な	sensitive	敏感的
印象	impression	印象
しぐさ	gesture	小動作、舉動
要素	factor	元素
尊重する	respect	尊重
宴会	party	宴會
目上（の人）	higher ranked、superiors	地位較高的人
目下（の人）	lower ranked、inferiors	地位較低的人
堅苦しい	formal	古板、拘泥
気楽に	be at ease	輕鬆地
内面	on the inside	內心
見下す	look down on	蔑視
うわべ	on the surface	表面
過剰に	excessively	過度

本音と建前／眞心話與場面話

相關關鍵字：**遠慮**

日本人通常會因爲對方的立場或周遭的狀況選擇壓抑自己的情緒或是選擇保持沉默（遠慮→P.64）。尤其在會議這種必須在衆人面前表述意見的場合，總是習慣說一些討好所有人的意見。這種任誰都會贊成的制式意見或原則就稱爲「**建前**」。

「建前」的反義語就是「**本音**（眞心話）」。在生意場合裡，常常會視情況選擇說出「眞心話或是場面話」。

例1：A公司這次啟動的新服務**表面上**說是爲了顧客，其實是爲了改革公司內部的業務。（A社が今度新しく始めるサービスは、**建前**では顧客のためと言っているが、実際は社内の事業改革が目的のようだ。）

例2：只要開會的時候有社長，所有人都只說**場面話**，根本不敢說**真心話**。（会議に社長がいると、参加者はみんな**建前**ばかりで、なかなか**本音**を言わない。）

日本人的會議常被批評「沒什麼意見」，出席的人只說一些場面話的情況也所在多有。這應該是因爲日本人不希望在會議或是正式場合因爲自己的意見與別人產生衝突吧，這也可說是內心那股想要維持場面「**圓融**」（**和**）的意識作祟吧。

話說回來，要是只會說「場面話」，有可能會被別人批評「那傢伙只會說場面話，從來沒聽過他的眞心話」。此外，如果一直改變自己的想法，就會被旁人覺得「那個人一下子就會被套出眞心話」而得不到別人的信任。

如果只會說場面話，或是只會說眞話，然後吵成一團，恐怕永遠也討論不出結果，所以有時會事先詢問與會人員的意見，避免檯面上的衝突，在會議開始之前就決定大致的方向。這是日本特有的方法，也稱爲「**根回し**」（事前疏通）。

除了做生意的場合，日本人私底下也會視情況說眞話或是說場面話。

例3：A「大家不要吵了，好好相處不行嗎？」（みんなケンカしないで、仲良くしないといけませんよ。）

B「我也想好好相處啊，都是因爲被罵得很難聽，我才……」（そりゃそうだけど、ひどい悪口を言われたものだから……）

就例3的情況而言，A的發言是場面話，B的發言是眞心話。場面話就是誰都不會反對的制式意見。

再多了解一點！

每個人常常心口不一，把自己真正的想法與情緒放在心底。這種真正的心情、意見與想法就稱為「本音」。普遍來說，日本人不太容易真情流露，所以說真心話的日文才是「**本音を吐く**」或「**本音を漏らす**」。

「本音」的「音」是人類用來表達真實情緒的聲音，所以也有「**音をあげる**」（痛苦得發出聲音）或是「**ぐうの音も出ない**」（不吭一句）這類日文。

單字筆記本

抑える	restrain	壓抑
無難な	safe	安全牌
公式的な	formal、politically correct	正式的
原則	principle	原則
顧客	client	顧客
事業改革	restructure operations	事業改革
活発に	actively	活躍地
表面化する	come to light	公開
原則的な	fundamental	原則性的
吐く	spit、reveal	吐露
漏らす	leak、reveal	流露
耐える	endure	忍耐

おかげさま／承蒙照顧

相關關鍵字：つきあい

「**おかげ（さま）**」本來是在神社、寺院有所求，結果願望成眞，前往還願時，感謝神佛援助（おかげ）的詞彙，但是到了現代之後，許多人會在得到別人的援助或幫忙，而且得到好結果的時候如此感謝對方。

例1：老師「恭喜你考上大學了！」（大学合格おめでとう！）

學生「非常感謝老師，**多虧**老師的悉心指導。」（ありがとうございます。先生のご指導の**おかげ**です。）

要感謝對方的時候，「あなたのおかげで」比「ありがとう」（謝謝）更能強

調對方幫了多大的忙，對方在聽到這類感謝時，通常也會覺得非常開心。懂得如何表達感謝，在人與人的「交往」（つきあい→P.90）之中，是非常重要的事，日本人從平日就很重視這類感謝的詞彙。

例2：A「你好，你看起來氣色不錯耶。」（こんにちは、お元気そうですね。）

B「**拜你之賜**，過得還不錯。」（ええ、**おかげさまで**。）

例3：A「你的媽媽身體還好嗎？」（お母さんの具合はいかがですか？）

B「**托你的福**，已經康復了。」（**おかげさまで**、もうすっかりよくなりました。）

例2的「**おかげさまで**」可說是一種問候語，例3的「おかげさまで」也不是眞的在說對方幫了什麼忙。在這類情況下，與其說是感謝對方幫了什麼忙，更像是在感謝對方的好意與關心。

再多了解一點！

「おかげ」原本是在得到好結果的時候，用於感謝別人幫忙或協助的詞彙，但有時候會在得到不好的結果時，用來抱怨或諷刺。

「多虧A走錯路，我們才能多花一個小時兜風，抵達這個原本十分鐘就能抵達的地點啊。」（A君が道を間違えたおかげで、十分で着くところを一時間もドライブさせられちゃったよ。）

在這種情況下，就是利用帶有諷刺意味的「おかげ」暗喻一切都是「A的錯」。

單字筆記本

援助	assistance	援助
指導	guidance	指導
皮肉	sarcasm	諷刺

「原來如此」——學會接話

＊與公司的同事對話

佐藤「鈴木，聽說你剛出差回來。」

鈴木「嗯，這次爲了推銷新商品，才去了中國一趟。」

佐藤「**咦，是喔**，那反應如何？」

鈴木「嗯，反應很不錯啊，因爲中國的景氣很好啊。」

佐藤「**這樣啊**，那應該可以賣得不錯了。」

鈴木「嗯，再怎麼說，中國的人口那麼多，市場當然也很大。」

佐藤「**原來如此**……」

鈴木「只要有1％的人口購買，要賣出一千萬個也不在話下。」

佐藤「**說得也是**……」

不管在哪個國家，人與人之間的會話都是非常重要的，但日本人通常會在聊天的時候，盡可能配合對方，所以，爲了讓說話的人說得開心，聽的人通常會透過語言、表情或態度表達自己「很認眞在聽」。日本人之所以常在聽別人說話的時候，邊點頭邊說「嗯嗯」、「咦」或是「原來如此」就是這個道理。

而這些回應統稱「**相づちを打つ**」（接話）。

「相づちを打つ」源自在打鐵的時候，兩個人互相配合彼此的步調，趁熱用槌子將鐵打成理想形狀的過程，所以這句話後來便用來比喻爲了讓對話更流暢而回應對方的過程。

有些日本人覺得每句話都回應很囉嗦，有些人則覺得這類回應是種干擾，但是「相づちを打つ」的確能讓對方知道「我對你說的話很有興趣喲」，也能表達「一起讓對話變得更順暢」的心情。

專欄　從日常會話開始學③

「讓我再想想」——日本人的真心話在哪裡？

＊在某間日語學校的教室裡

外國人學生「老師，下次要不要大家一起去賞花呢?」

日語老師「賞花?何時呢?」

外國人學生「這次的星期日。聽說上野公園的櫻花開滿了。」

日語老師「這次的星期日嗎?讓我再想想吧。」

外國人學生「那我就抱以期待囉。」

你覺得這位日本人老師會去賞花嗎?外國人學生覺得老師那句「讓我再想想吧」的意思是會去賞花，但聽在70~80%的日本人耳中，這位老師應該是不會去賞花。爲什麼會這樣?日本人覺得在受到朋友或學生邀請時，當下就說「我不去」，會讓對方覺得不舒服，所以通常會先回答「讓我再想想」，等過了一段時間之後，再跟對方說「不好意思，我去不了」。簡單來說，就是爲了顧及對方的心情而不在當下回絕。

聽到日本人說「讓我再想想」的時候，你也有必要多想一下。

*初次見面的問候

外國人「初次見面，請多指教。」
日本人「哪裡哪裡，我才請你多多指教。」
外國人「你現在住在哪裡呢？」
日本人「東京的世田谷區。」
外國人「是很高級的地方耶！」
日本人「客氣了，有機會的話請來家裡玩。」
外國人「謝謝。那什麼時候方便呢？」

日本人要是在這類會話聽到「何時？」的話，大概會慌了手腳。因爲「有機會的話請來家裡玩」（一度遊びにきてください）這句話只是客套話，只是爲了表達親切，不是眞的在邀請對方。這或許會讓外國人覺得日本人很客套，但既然都提到住哪裡的話題，不提出邀請，又覺得很對不起對方。日語的「一度」有「如果有機會的話」的意思，所以「一度、一緒に飲みましょう」也不是立刻一起去喝酒，而是「有機會的話，再一起去喝酒」的意思，在對話的過程中，千萬要注意這個小細節，這時候大家只需要回答「嗯，下次再約囉」就可以了。如果對方眞的想去喝酒的話，一定會進一步問你什麼時候有空。

第五章

不過度表現自我

控えめ／低調

ほのめかす／暗示

角を立てない／不話裡帶刺

控えめ／低調

相關關鍵字：**遠慮、角を立てない**

「控えめ」與「控える」這個動詞，以及「多め」、「少なめ」一樣，都是由表達程度的「め」所組成的單字。「控える」有程度很低、盡可能不要做某種行爲的意思，例如「お酒は控えてください」就有「請不要喝酒」的意思。

例1：身體狀況不佳時，酒最好**少喝**點喲。（体の調子が悪いときは、お酒は**控えめ**にしたほうがいいですよ。）

「お酒は控えめに」有「可以喝，但要比平常少」或是「不要喝過頭」的意思。食品的包裝也常有「塩分控えめ」（少鹽）或「油分控えめ」（少油）這類標示。

那麼，以「控えめ」來形容人的時候，通常是用來形容怎麼樣的人呢？

例2：那位選手明明拿了冠軍，**一言一行卻那麼謙虛**，真是討人喜歡。（その選手は優勝したのに、言葉が**控えめ**で好感が持てる。）

日本人不太喜歡一直發表意見，也不喜歡露骨地表達自己的情緒或慾望。尤其長大成人之後，更是會因爲對方的立場或是周遭的情況而盡可能壓抑自己的情緒（「角を立てない」→P.134）。此外，就算是在某些事情上成功，或是獲得很高的地位，不自吹自擂，保持謙虛才能得到別人的支持。這種壓抑自己的情緒，安靜地待著的人，就會被形容成「控えめな人」（低調的人）。

與「控えめ」相近的詞彙還有「**つつましい**」。這個字與「控えめ」一樣，都會用來形容壓抑自己的情緒，保持謙虛的人。其實「つつましい」源自古語的

「慎む（つつむ）」（現代日文的「慎む（つつしむ）」，除了有「控える」（低調）的意思，還有謹言慎行的意思，所以「つつましい」比「控えめ」更加慎重，更有在意周遭的人（遠慮→P.64）的感覺。

例3：老婆**靜靜地**等在老公身後。（妻は、夫の後ろに**つつましく**控えている。）

例3的意思是老婆安靜低調地站在老公身後。在日本的傳統裡，女性要在衆人面前爲老公留面子，所以會用上述這類句子稱讚低調、穩重的女性。不過，有時也會以「非常謙虛、謹言慎行的人」（非常に謙虚でつつましい態度の人）這類句子形容男性。

在認爲壓抑情緒、保持謙虛是種美德的日本人眼中，「控えめ」或「つつましい」都是非常棒的單字。

再多了解一點！

雖然對某個領域擁有專業知識，但只要沒人問，就絕對不會自己說出口的態度稱為「控えめ」（低調），但如果明明沒人問，卻自己開口說個不停，就會被說成「**出すぎる**」（愛搶風頭）。這種人有時候會被人批評「別那麼愛搶風頭」（出過ぎたまね（行為）をするな！）

至於明明沒有專業知識又經驗不足，卻總是喜歡說個不停，或是給別人建議的行為就稱為「**でしゃばる**」（好管閒事），而這種人也常常被罵「雞婆」（でしゃばり）。

如果大人在講話的時候，小孩在一邊插話的話，很有可能會被罵「就說你這小鬼什麼都不懂，別在那邊說三道四」（おまえはよくわかっていないんだから、でしゃばるんじゃない！）。正因為日本人認為「控えめ」（保持低調）與「つつましい」的態度是種美德，所以「好管閒事」（でしゃばる）的人往往不討人喜歡。

此外，「**しゃしゃりでる**」則有硬要出風頭，或是硬要出意見的意思，語感也比「でしゃばる」來得更加強硬，這個字通常會用來責備別人，例如「現在不是你這傢伙搶風頭的時候，給我退一邊去」（おまえなんかが、しゃしゃりでる場ではない、引っ込んでいろ！）就是其中一種情況。

單字筆記本

極端	extreme	極端
度を越す	go too far	過度
欲望	desire	慾望
抑える	restrain	壓抑
地位	social status	地位
自慢する	boast	自誇
得意になる	act conceited	得意
謙虚な	humble	謙虚
物静かな	quiet	文靜的
慎重な	cautious	愼重的
（人を）立てる	respect	給～留面子
口を挟む	interrupt	插嘴
美徳	virtue	美德
語感	the nuance of a word	語感

ほのめかす／暗示

相關關鍵字：空気を読む、控えめ、遠慮

外國人常說日本人很「曖昧」或是「不知道日本人在想什麼」。這是因為日本人不太會在別人面前表露情緒，也會因爲顧慮對方的立場或心情而不願意直白地說出自己的想法。

雖然日語有「**以心伝心**（不需要說出來，單憑態度就能讓對方知道想法）」或是「**目は口ほどにものを言う**（光看眼神，就像是直接說出口一般，讓對方知道自己的心情）」這類諺語，但日本人的確覺得很多事情就算不明講，單憑態度或是感覺，就能讓對方知道自己的心情。

不直接告訴對方自己的想法，只憑態度或表情說明的行爲，在日文說成「**ほのめかす**」（暗示）。雖然對方不一定眞的完全了解你想說什麼，但或多或少會知道「你想說的事情應該是這個吧?」

日本人連重要的事情都不會明講，希望對方能推測或理解自己的心情，也很討厭把話講得太明白，而這種情況在日文稱爲「**あからさま**」，因爲將「低調」（控えめ→P.122）視爲美德的日本人不太喜歡大喇喇的態度。

例1：上司**暗示**我，接下來我可能要調職。（上司から、職場の異動を**ほのめかされた**。）

例2：她與他的眼神交會之後，**明顯地**移開了視線。（彼女は彼と目が合うと、**あからさまに**視線をそらした。）

「あからさま」是由「明るい」與「さま（様子）」組成的單字，有「明白」、「明顯地表露出來」這類意思。在日本社會之中，淸楚地表達自己的情緒或是喜歡，會被認爲是一種失禮、有失文雅的行爲。所以在大多數的情況下，毫

不遮掩地表達自己的想法，通常都不太好。以例2來說，女性清楚地表現出自己討厭男性的態度。

每個國家都有自己的文化與風俗，視為禁忌的事情也都不一樣。日本人通常覺得將金錢、性與自我需求搬上檯面討論很丟臉。

「ほのめかす」是一種具體可見的行為，而曖昧不明、不起眼的態度或樣子則會以「**さりげない**」（平淡無奇、若無其事）這個日文形容。

例3：我對她那身**樸實無華**的時尚打扮很有好感。（彼女の**さりがない**おしゃれには、好感が持てる。）

例4：課長若無其事地提醒部下。（課長は**さりげなく**部下に注意を与えた。）

「さりげない」最初是「不是那個樣子」、「看起來不是那樣」的意思，指的是不讓行為或態度過於搶眼的意思。所以，在例3之中的女性那樸實無華的打扮讓人覺得很舒服，而例4則是不讓旁邊的人知道當事人被課長提醒的意思，也是課長的一種體貼。

比起直接了當地說出自己的想法，日本人更喜歡透過態度或表情呈現自己的情緒，所以對手的表情或是肢體動作都是非常重要的訊號喲。

再多了解一點！

日語的委婉表現還有下列這些。

例1：那個人好像很忙，我們今天還是先不要去比較好吧。（あの人忙しそうだから、私たち、今日行くのは遠慮したほうがいいかもしれないね。）

例1的「遠慮する」（→P.64）就是「不要去」的委婉表現。

「**これみよがし**」原本是「希望你看看這個」的古語，而「あからさまに」則是不把話說得太明白，只透過表情或態度讓對方了解你的想法。

例2：他故意引人注目地將錢丟了過去。（彼はこれみよがしにお金を投げて渡した。）

例2是透過丟錢這個動作，讓對方知道多麼不想給錢這件事。

此外「**あてつけ**」則是透過其他的事情或是人物影射自己的想法。

再多了解一點！

例3：A「她很漂亮啊！」（彼女は、とってもきれいだね。）

B「什麼意思？你在**影射**什麼嗎？」（何？それって私への**あてつけ**？）

在例3之中，A稱讚某位女性很美，B覺得A是在暗示自己不是美女，所以生氣了。

單字筆記本

曖昧な	ambiguous	曖昧的
なんとなく	kind of	似有若無的
推測する	guess	推測
異動	transfer	異動
目が合う	catch one's eye	眼神交會
タブー	taboo	禁忌
性的な	sexual	性方面的
欲求	desire	欲望
配慮	make considerations for	顧慮
身振り手振り	gestures	肢體動作
サイン	sign	訊號
婉曲な	indirect	委婉的

角を立てない／不話裡帶刺

相關關鍵字：気をつかう、空気を読む、ほのめかす

「**角を立てる**」的「角」是東西尖銳的部分，如果拿這個部分戳別人，對方應該會非常痛，所以這句話也被引申為讓對方傷心、難過的意思。要建構良好的人際關係，就得顧慮對方的心情，要盡可能「別讓話裡帶刺」。

例1：A「請跟我交往。」（私とつきあってください。）

B「我討厭你。」（私はあなたが嫌いです。）

聽到B這種直白的回答，A想必會非常受傷或是生氣。或許有些人覺得，想說什麼就說什麼比較好，但這就是所謂的「角が立つ」（過於坦率，以致於破壞了

彼此的關係），所以日本人通常會說得更婉轉一些。比方說「我已經有男朋友了」或是「我現在只想專心工作」，盡可能說得「體貼一些」（→P.71），避免對方傷心。就算看到朋友畫的畫很醜，也通常不會直言批評，只會說成「這畫真有風格」。

一如「**ものは言いようで角が立つ**」這句諺語，就算是同一件事，也要說得委婉一點，否則就會讓對方難過或生氣的意思。

例2：A「這裡千萬別搞錯囉！」

B「這點小事，我早就知道了啦！」

A「可是你常常搞錯啊！」

例2是在朋友或同事之間常見的對話，但B的回應卻是「**話中帶刺**」（**角のある**），所以才惹得A不愉快與生氣。明明說句「謝啦」就能維護彼此的關係，但

都是因爲那句「我早就知道了啦」（わかっているよ）才讓兩個人吵了起來。

如果彼此很親近或許還沒關係，但如果是在公司或辦公室這類場合，有可能會惹怒顧客或是丟了工作，所以可千萬要注意自己說的每一句話啊。

再多了解一點！

在日本的飛鳥時代（西元五九三～六四五年）宣揚佛教的聖德太子曾說過「**和をもって貴しとなす**」，意思是「和諧的人際關係非常重要」，也是現代日本人很常引用的格言，通常在勸人於職場力求圓滑，在人際關係力求圓滿，不「話裡帶刺」，讓「氣氛保持融洽（丸くおさめる）」的時候使用。為了與身邊的人維持良好的人際關係（和），在說每句話的時候，都該先思考對方的立場或是周遭的情況（「空気を読む」→P.81）。此外，日本人也會為了顧及對方的心情、情緒，只以態度或表情暗示（「ほのめかす」→P.127）自己的想法。在日本社會之中，大部分的日本人都不喜歡「話中帶刺（角を立てる）」這種傷害對方，讓對方難過的做法。

下一頁的專欄「從日常會話開始學④」的對話就是使用沒有話中帶刺的溫和語氣，也是日本人之間典型的對話。

專欄 從日常會話開始學④

「ちょっと」——讓語氣變得更柔和

＊與朋友的對話

春子「夏子，這衣服好看嗎？適合我嗎？」
夏子「嗯，有點說不上來……總覺得尺寸好像不太合……」
春子「是喔？那這件呢？」
夏子「嗯，顏色應該再淡一點會比較好吧……」
春子「這樣啊，那還是不要買好了」

日本人與朋友聊天時，也很常使用「ちょっと」、「なんとなく」、「たぶん」這類曖昧的詞，或是話只說到一半（「ほのめかす」→P.127）。或許這就是爲什麼外國人老覺得日本人「說話說得很曖昧，不知道在說什麼」吧。不過，這是因爲日本人害怕過於強調自己的意見，或是否定對方的意見，被對方討厭的緣故。「ちょっと」與「たぶん」這類詞彙都有緩和形象的效果。

上司、顧客或是特別需要用心照顧（気をつかう→P.71）的人，都很常會使用上述詞彙。

「不好意思，有件事想請您幫忙。」（簡化事情的說法）

「我是會去，妳呢？」「我的話，讓我再想想……」（委婉地表達「我不會去」）

「總之他就是討厭我，對吧！」（不讓別人知道自己討厭對方的說法）

「這應該算是犯罪了吧？」（避免過於武斷的說法）

除此之外，日語還有許多緩和自己的意見、主張的詞彙或說法。這種不過度強調主張的表現方式也常見於需要說出自己的意見，或是批評別人意見的會議或其他討論的場合。之所以如此，是因爲在日本人的潛意識之中，會希望不要因爲強調自己的主張而傷害對方，或是被對方抨擊。許多日本人會把「ちょっと」、「たぶん」這類字眼掛在嘴邊，所以這些字眼可說是，充份地表露了日本人的感性。

第六章

喜歡精神主義

がんばる／加油
根性／毅力
無理／勉強
修行／修行
武士道／武士道

がんばる／加油

相關關鍵字：**無理**

儘管日本的國土很狹小，資源又少，卻在第二次世界大戰之後，成爲全世界屬一屬二的經濟大國。若問理由爲何，那就是日本人非常勤勞與認眞。日本人很常把「**がんばる**／加油」這句字眼掛在嘴邊，也與本身的勤勞與認眞有關。

例1：成爲高中生之後，我會**努力**讀書與運動。（高校生になったら、勉強もスポーツも**がんばります**。）

例2：**上司**「這個月的業績目標有辦法在月底達成嗎？」（今月の売り上げ目標、月末まで達成できるのか？）

部下「我會**努力**達成的！」（はい。達成できるよう、**がんばります！**）

下至學生、員工，上至政治家，在需要表達決心的時候，都會使用「がんばる／努力」這個單字，例如「我會努力取得好成績」、「我會努力達成目標」、「我會爲了國民而努力」，而且就算是面對例2這種艱困的目標，也絕對不會說「辦不到」，而是回答「がんばります」，藉此表示自己有多麼積極。

此外，在鼓勵別人或是替別人加油的時候，也很常使用「がんばれ／請加油！」。

例3：請加油！目標是拿下冠軍！（優勝目指して、**がんばってください！**）

例4：A「我總算下定決心要在今晚向女朋友求婚。」（今晩、ついに彼女にプロポーズすることにしたよ。）

B「是喔，**要加油啊！**」（そうか、**がんばれよ！**）

「がんばる」這個單字原本的意思是「爲了達成目標克服困難與持續努力」，但是對已經很拼命的人說「がんばれ」，有可能會讓對方覺得你是在說「你不夠努力」（努力が足りない）不過，日本人口中的「がんばれ！」倒不是要求對方更努力，而是在說「我很支持你」。把例4的「がんばれ」想成語氣較輕鬆的「Good luck」即可。

所以在聽到「がんばれ」的時候回到「はい、がんばります」（我會加油），就等於回答對方「謝謝你爲我加油」（応援ありがとうございます）。

「がんばって！」與「がんばります」是日本人之間常有的對話，比起思考這兩句話原本的意思，倒不如將這兩句話當成日本人彼此加油與互相感謝的「慣用話」。

與「がんばる」意思相近的單字還有「無理する」（→P.153）。「無理する」有超過能力或體力的極限，也要成就某事的意思。由於對已經很努力的人說「がんばれ！」有可能會讓對方的處境變得更糟，所以有些人改用「無理しないでね」（不要太勉強自己）這句話加油，可惜的是，許多日本人反而會在這時候回答「無理してでも、がんばります」。

再多了解一點！

美國文化人類學者露絲・潘乃德曾在《菊與刀》這本書提到，日本人想憑著意志力戰勝美國的物資消耗戰，也認為這是日本的特徵之一。

現在仍有許多日本人喜歡精神主義，很常在遇到問題或是覺得很痛苦的時候說「がんばります」或「努力します」。

不過在進入二〇〇〇年之後，日本人這種「がんばる」精神反而造成上班族過勞死、憂鬱症這類社會問題。在一九六〇年代日本經濟高度成長時期之際，拼死拼活工作的日本上班族被譽為「工蜂」或「企業戰士」，但最近的企業卻禁止員工加班，希望員工好好休假，避免員工過度工作。

可惜的是，即使到了現代，「休假」聽在日本人耳中仍是充滿罪惡感的字眼，就算被公司要求休假，許多人也不打算休息。

最能代表這個現象的名言有很多，例如：

「**精神一到、何事か成らざらん**」（精誠所至，金石為開。）

「**為せば成る、成さねばならぬ、何事も**」（只要認真去做，沒有事情是無法達成的。）

這些都是日本人很喜歡的名言。

單字筆記本

国土	country、land	國土
資源	resources	資源
勤勉な	handworking	勤勉的
前向きな	positive	樂觀積極的
励ます	encourage	鼓勵他人
耐える	endure	忍耐
決まり文句	pet phrase	慣用語、口頭禪
精神主義	spiritualism（the concept of being able to do anything depending on your state of mind）	精神主義
過労死	death from overwork	過勞死
うつ病	depression	憂鬱症
高度経済成長期	period of high economic growth	高度經濟成長期
罪悪感（がある）	feel guilty about	覺得有罪惡感

根性／毅力

相關關鍵字：**がんばる**

一如日本人常把「がんばる（→P.142）」或「努力」掛在嘴邊，「根性」這個字眼也常被當成口頭禪使用。「根性」是遇到痛苦或難過的事，也不認輸或放棄，相當於中文的毅力或是堅忍不拔的意志力。

例1：那孩子只要一覺得辛苦就放棄練習，完全**沒有毅力**可言。（あの子はちょっと苦しいとすぐに練習をやめる。まったく**根性がない**。）

例2：業績目標會無法達成，都是因為**缺乏毅力**。（売り上げ目標を達成できないのは、**根性が足りない**からだ！）

「根性」是常在體育的世界聽到的詞彙。就算練習很辛苦，也能咬著撐下去的人，就是有毅力的人，吃點苦就放棄的人，就是沒有毅力的人。教練在指導選手的時候，通常會以「もっと根性を見せろ」這類比「がんばれ」更嚴格的說法激勵選手。

除了體育的世界之外，例2之中的上司也會生氣地對業績不好的部下說「業績目標會無法達成，都是因爲缺乏毅力」，在過去很常見到這類情況。這種「只要有毅力，什麼事都難不倒」的思維在日本稱爲「根性論」。雖然在重視合理性與便利性的現代，根性論已經完全式微，但是「努力是最重要的」概念，卻還留在日本人的內心深處。

例3：不用功就想拿到好成績，是**本質扭曲**的想法。（勉強もしないでいい成績をとろうなんて、**根性の曲がった**考え方だ。）

例4：我沒有什麼可以教你這種傢伙，先給我**洗心革面**再說！（お前みたいな人間に教えてやることは何にもない、**根性を入れ替えて**出直してこい！）

「根性」原本是佛教用語，是「與生俱來的性質」之意，所以就算是現代，也還有很多人會以「根性が悪い」或「根性が曲がっている」這種說法形容個性很差的人。此外，還有「根性をたたき直す」或是「根性を入れ替える」這種「從本質修正個性」的說法。

比起「性格」一詞，「根性」指的是更深層的本質。

此外，還有與「根性」近乎同義的詞彙，那就是「**意地**」。

「意地」是貫徹自己的想法或態度的意思，有「很頑固」的印象，在日文很常說成「男の**意地を通す**」（貫徹男子漢的意志）或是「**意地を張る**」（一意孤行）。反觀「根性」則是指不畏困難，努力到最後一刻，堅忍不拔的精神力，也是藏在人性深處的意志力。

再多了解一點！

在日本的動漫界有一種「スポ根」的類別，這是「運動熱血類別」的簡稱，也說成「スポ根アニメ」或「スポ根ドラマ」。這類動漫或連續劇的劇情通常都是毅力不凡的選手在撐過一連串艱困的訓練之後，總算贏得比賽。也會以「ど根性」這種詞彙進一步強調毅力（根性）。

某項調查指出，直到一九九〇年代為止，「根性」、「努力」、「忍耐」都還是日本人前幾名喜歡的詞彙，但是到了現在，這些詞彙已經退到後段班，被「ありがとう」（謝謝）、「思いやり」（體貼）這類「溫馨」的詞彙所取代。

單字筆記本

耐え抜く	make it through	堅忍不拔
精神力	inner strength	精神力
合理性	rationality	合理性
死語	old fashioned word	不再使用的詞彙
改める	improve	修正
頑固な	stubborn	頑固的
省略	abbreviation	省略
忍耐	endurance	忍耐
過程	process	過程
価値観	one's sense of values	價值觀
受け継ぐ	inherit	繼承

無理／勉強

相關關鍵字：がんばる

「**無理**」的原義是「沒有道理」，指的是不合道理，與人情義理相悖的事情。一如「**無理が通れば、道理がひっこむ**」（類似劣幣逐良幣的意思）這句成語，當不正義的事情橫行，公義之聲就會式微。

例1：父母親看到這種成績，會擔心也是**很正常的**。（こんな成績では、親が心配するのも**無理はない**。）

例2：這件事**沒得商量**。（それは**無理な相談だ**。）

例3：不好意思，明明你這麼忙，還**硬是請你幫忙**。（お忙しいのに**無理を言ってて**すみません。）

「無理はない」的意思是「沒有半點不符合道理的地方」也就是「理所當然」或「正是如此」的意思。例2的「無理」則是「不符合人情義理」的意思，也就是「做不到、辦不到」的意思。

例3的「無理を言う」則是在要求或拜託對方幫忙平常很難達成的事情的時候使用，通常會直接說成「無理を言ってすみません」。

例4：身體狀況不佳時，**請不要太勉強**自己。（体の調子がよくない時は、あまり**無理しないで**ください。）

例5：就算**有點超出自己的極限**，這項工作也要做到底才罷休。（少しぐらい**無理してでも**、絶対にこの仕事は最後までやり遂げたい。）

例6：會不會**太勉強了**？偶爾休息一下吧。（ちょっと**無理し過ぎ**なんじゃない？たまに休んだら？）

拼命完成挑戰在日文會說成「無理する」。

「無理しないでください」比「がんばってください」（→P.142）的語氣更溫和，很常用來鼓勵或安慰別人。不過，有時候會聽到對方回答「少しぐらい無理してでもがんばります」。明明「無理」是「做不到的事情」，但許多日本人眞的很喜歡「無理してでもやる」這類回答，這應該與日本人喜歡精神主義，老是把「努力」或「根性」掛在嘴邊有關吧。

不過，太努力的話，有可能會危害健康。今時今日，過勞死與壓力已成爲社會問題，所以也有越來越多企業要求員工不要太勉強自己，要懂得適時休假，讓工作與生活取得平衡。

單字筆記本

道理に合う	reasonable、justifiable	合理
筋が通る	logical	合乎人情義理
やり遂げる	accomplish	成就
励ます	encourage	鼓勵
慰める	comfort	安慰
精神主義	spiritualism（the concept of being able to do anything depending on your state of mind）	精神主義
過労死	death form overwork	過勞死
ストレス	（physical and mental）stress	壓力
ワーク ライフ バランス	work-life balance	工作與生活取得平衡

修行／修行

相關關鍵字：**がんばる、根性**

「**修行**」原本是佛教用語，指的是坐在瀑布底下禪修，或是爬山，尋求佛教眞理，以及進行艱苦的訓練。

但是到了現代之後，雖然原本的意思還是存在，但也常用來形容鑽研學問，修習藝術或技術這類行爲。

例1：要成爲獨當一面的壽司師傅，至少要**修行**十年。（一人前の寿司職人になるためには、少なくとも十年間は**修行**が必要だ。）

相較於「練習」或「訓練」這類字眼，「修行」似乎顯得更加嚴格。比方說，

「料理的練習」與「料理的修行」或「劍道的練習」與「劍道的修行」，光聽就讓人覺得練習的內容與環境不一樣。「修行」的確比「練習」更有嚴格、專注的感覺，讓人更覺得是一種精神層面的鍛練。

所以一聽到「修行」，許多人會立刻想到佛教的僧侶或是工匠師傅。工匠師傅在能夠獨當一面之前，都會與自己的師傅（老師）一起生活，耗費大量的時間從師傅身上學習技術與心態，所以比起「練習」或「訓練」這類字眼，「修行」更適合形容這種學習技藝的過程。

也有不少人喜歡使用「**武者修行**」這個字眼。「武者」就是武士的意思，而「武者修行」則有武士爲了鑽研武術，不惜巡迴各地，與其他的武士賭命對決的意思，但是到了現代之後，這個詞彙變成「故意去某個較遠的地方，專心學習某事」的意思。

例2：那位音樂家在歐洲進行了兩年**武者修行**，進一步磨練身爲音樂家的技巧。

（その音楽家は、ヨーロッパで二年間の**武者修行**をし、音楽家としての腕をさらに磨いた。）

例2的「ヨーロッパで音楽の武者修行」讓人覺得這位音樂家不只是去「歐洲學音樂」，還在學習過程中流下了不少辛苦的汗水，也付出了許多努力，而且除了學到技術，還學到了身為音樂家應有的心態。

許多年輕人也會在離開本國舒適圈，前往語言與風俗習慣都不適應的環境時，以「海外に武者修行に行く」這句形容自己的情況，雖然有些人去到外國之後，還是過著稱不上是「修行」的生活啦……

此外，日本人有時候會在別人失敗的時候，開玩笑地說「**修行が足りない**」（道行不夠）。

例3：連這麼簡單的事情都不懂，看來**道行還不夠**啊。（そんな簡単なこともわからないなんて、まだまだ**修行が足りない**ね。）

這不是在要求對方「去某處修行」，而是在說對方「練習不足或是讀書不夠用功」的意思。

再多了解一點！

「**精進**」這個字眼雖然不像「修行」那麼常用，意思卻非常相近，而且原本也是佛教用語。

佛教有禁止殺生（禁止殺害動物）的戒律，所以身在佛門的人不吃動物的肉，只吃蔬菜，藉此保持身心潔淨以及專心修行，而這種修行就稱為「精進」。

一般日本家庭在進行佛教葬禮會不吃肉或魚，只吃蔬菜、豆腐這類植物性食材烹調的料理，而這類料理在日本稱為「精進料理」。一旦「精進」的期間結束（精進落し），就會吃肉或是喝酒，回到原本的生活。

「**精進する**」原本的意思是持守戒律，一心向佛，但後來慢慢地演變成專心致志於某事的意思。

一如「技術是提升了不少，但要成為獨當一面的師傅，恐怕還得再精進」這類說法，「精進」也有專心累積某方面經驗的意思。「精進」比「修行」更有認真，心無旁騖的語感。

為了成為師傅而不斷學習的過程稱為「修行」，而每天努力修行則稱為「精進」。

單字筆記本

僧	monk	僧侶
滝	waterfall	瀑布
真理	the truth	眞理
学問	learning	學問
一人前の	qualified	獨當一面的
職人	master of...	力求技藝精湛的工匠或師傅
精神的な	mental	精神性的
ふさわしい	appropriate	適當的
武術	martial arts	武術
究める	master	鑽研
命がけの	a do-or-die	拚命
ニュアンス	nuance	語感
清らかな	pure	潔淨的
風習	custom	風俗習慣
戒律	precepts	戒律
ひたすら（～する）	devote oneself to...	專心致志
腕を上げる	develop one's skills	提升技術
わき目もふらず	be completely devoted to...	心無旁騖

武士道／武士道

相關關鍵字：**恥**

一六〇三年，德川家康統一日本，進入江戶時代（～一八六八年）之後，日本便不再有大型的戰爭，武士也不再需要捨命作戰，所以本該爲主人作戰的武士便不知道該如何在這個沒有戰爭的時代生存。爲了在這個承平時代保有原本的社會地位，帶著身爲武士的自豪活下去，這些武士便開始追求武士的理想樣貌以及精神，而這就是所謂的「**武士道**」。

例1：現代的日本人常被批評失去了**武士道的精神**。（現代の日本人は、**武士道の精神**を失ったと言われている。）

例2：一般來說，置生死於度外是武士道的精神。（死を恐れないのが**武士道**だと言われてきた。）

武士道「就是身爲武士應走的路」，所以不管面對什麼事，都要不懼生死，勇敢面對，或是身爲社會的領袖，絕不能做那些羞辱自己的事情，例如不能說謊，不能欺騙別人，也不能爲了私利行苟且之事，這些都是違反武士道精神的事情。

例3：A「眞的可以嗎？我們說好囉。」（本当にいいんですか？約束ですよ。）

B「沒問題。一言既出，駟馬難追。」（大丈夫、**武士に二言はない**よ。）

「**武士に二言はない**」（君子一言，快馬一鞭）、「**武士は食わねど**、**高楊枝**」（武士就算餓肚子，在別人面前也要叼根牙籤，假裝自己吃得很飽）都是現

代很常用的諺語，但這其實也是武士道的表徵。

江戶時代的武士都在幕府（中央政府）或藩（地方政府）的編制之內，只依賴上層配發的白米過活，所以生活不寬裕。可是，武士的身份又高於農民或商人，所以只能選擇受農民與商人尊敬的生活方式，即使生活清苦，也不能談論有關錢的事情，也不能抱怨貧窮這回事，否則就是違反武士道，是一種可恥的事情。

雖然江戶時代的武士與戰國時代的武士大不相同，處境非常尷尬，但是武士道一詞在江戶時代結束，進入廢除武士階級的明治時代（一八六八～一九一二年）之後，仍然於日本人的心中紮根。後來這個詞之所以能夠爲人所知，全因一九〇〇年新渡戶稻造以英文撰寫的《武士道：日本的靈魂》。這本書在外國受到許多人喜愛，也讓日本人對「武士道」有所改觀。

再多了解一點！

一般認為，武士源自平安時代中期（西元十世紀左右），主要是為了守護自己的土地，拿起武器作戰的一群人，或是平常就進行武術訓練的集團。一一八五年，東國的武士「源氏」戰勝了一直以來圍繞在天皇或貴族身邊的武士，也就是「平家」之後，源氏就以武士的身份，建立了權力比天皇或貴族還高的政府，這個政府就是所謂的「幕府」，而源氏也成為統治日本全土，君臨武士頂點的將軍。這個「幕府」就是「鎌倉幕府」（一一八五～一三三三年）。這種賦予武士權力的政治制度一直到十九世紀中葉的江戶時代才結束，維持了約七百年之久。

武士的特徵之一就是能為了賜予土地的主人捨命作戰這點。所謂的「**一所懸命**（為了保護一方土地而獻出生命）」就是這個意思，現代的「一生懸命」便是從這個詞彙衍生而來。早期的武士都擁有自己的土地，都是一邊農耕，一邊過日子，所以才有義務為了賜予土地的主人拼命作戰，簡單來說，就是「Give and Take」（施與受）的關係。

但是在進入江戶時代之後，便不再有大型的戰爭，武士也失去了「作戰」這項工作，也只在都市靠著公職為生，變成靠著幕府或藩發放的白米過活的上班族。此外，為了維持和平而以中國的儒學思想為尊的話，武士必須無條件地對君主（主人）忠誠，此時便開始思考「武士究竟為何物」這個問題，武士的精神層面也更加被重視與美化，「武士道」也就因此成形。

「武士道というは死ぬことと見つけたり」

這句話是於江戶時代中期寫成的《葉隱》一書之中的名言，意思是武士必須過著隨時趕赴戰場，捨命作戰的生活。

此外，新渡戶稻造所寫的《武士道》也以「Noblesse oblige」（享有名譽與地位的人，有該負的責任與義務）說明武士的身份。意思是武士既然享有崇高的社會地位，肩上的責任就越重。

單字筆記本

命をかけて（～する）	a do-or-die	捨命做
地位	social status	地位
誇りある	dignified	自豪
理想的な	ideal	理想的
精神的な	mental	精神性的
勇敢な	brave	勇敢的
立ち向かう	face	對抗、面對
だます	deceive	欺騙
卑怯な	cowardly	無恥的、卑鄙的
裕福な	wealthy	寬裕
武術	martial arts	武術
貴族	the nobility	貴族
権力	power	權力
維持する	maintain	維持
儒学の思想	Confusionist philosophy	儒學
美化する	beautify、glamorize	美化
覚悟	preparedness	覺悟
名誉	honor	名譽
責任	responsibility	責任
義務	duty	義務

專欄

從日常會話開始學⑤

「すみません」——凡事先道歉

＊在某間辦公室

課長「鈴木，過來一下……」
鈴木「好，怎麼了嗎？」
課長「這份文件沒有你的章喲。」
鈴木「啊，眞的太失禮了！」
課長「這樣可沒辦法送到部長那裡去。」
鈴木「眞的對不起，我太趕了，一時沒注意……」
課長「我平常不是一直提醒你嗎？文件一定要記得蓋章……」
鈴木「以後我會記住的，眞的是太抱歉了。」

日本人若是與別人發生任何糾紛，第一時間都會先道歉。這是因爲以對方爲重，不希望彼此之間發生不愉快，也就是所謂的「気をつかう」→（P.71）。顧客或是公司的上司都是非常重要的人，所以這些人若是表達任何不滿或抱怨，日本人一定會先道歉再說，藉此表示「眞心誠意地面對對方」的態度。

雖然也需要解決具體的問題，但在解決問題之前，先顧及對方的心情與情緒也很重要。所以若是不道歉，或是找一堆藉口，辯稱自己沒錯的話，那麼不管是多麼小的問題，對方也會生氣。一旦流於情緒，原本只是雞毛蒜皮般的問題，也會變得很複雜。

「居然連一句道歉都沒有」，這是對方沒有先道歉時，「一定會說的氣話」。

在某些文化裡會覺得「先低頭道歉會讓自己陷入不利的局面，所以不要道歉比較好」，但在日本就不是這樣。不管解釋再多，對方只會覺得你在辯解，所以先誠心誠意地道歉比較重要。

道歉先於辯解，這才符合日本人「いさぎよさ」（乾脆、俐落→P.193）的氣質。

第七章

日本人的價值觀

品／品

やまとなでしこ／大和撫子

派手、地味／花俏、不起眼的

恩、義理／恩情、義理

いさぎよい／果斷、堅決

もったいない／可惜、浪費

品／品

相關關鍵字：**控えめ、遠慮、派手、地味**

日本人在評價事物時，除了「良い」（優）、「悪い」（劣）之外，還有「**品がある**」「**品がない**」這類形容詞。

由「品」組成的單字有很多，例如「上品」、「下品」、「品位」、「品格」、「品性」，而這些都是用來形容他人的態度、行動或是東西的樣子，但是「品」到底是什麼意思？恐怕沒辦法一句話說明清楚。

例1：那位女演員說話的方式**好優雅**，讓人很有好感。（あの女優は、話し方に**品があって**好感が持てる。）

例2：她就算是吃漢堡，也能吃得**很優雅**。（彼女はハンバーグを食べるときでも**上品に**食べる。）

例3：不準看那種**不入流**的電視節目！（そんな**下品な**テレビ番組を見るんじゃありません！）

聽到「彼女は品がある」這句話，每個人感受到的印象或許不盡相同，但這句話的「品」不是指外觀漂不漂亮這種表面的東西，而是指這位女性反映在用字遣詞、態度、行爲的內在美。

反之，若問「品がない」、「下品だ」、「品位に欠ける」又是怎麼樣的人，大概就是會在公共場合大聲喧嘩，或是在衆人面前毫不保留地展露自己的情緒，也就是不在乎造成別人麻煩的人，或是老是吹噓自己多麼有錢的人，以及總是說那些會引別人不快的話題的人。

有時候也會以「品がある」形容東西。比方說，「樸實無華」的衣服、繪畫、杯子或是店面都會以「品がある」這類詞彙讚美，而這種讚美也比「很漂亮」更加貼切。

例4：雖然這件和服比其他的樸素，卻很**高雅**美麗。（この着物は、ほかのと比べてデザインは地味だが、**品があって**美しい。）

例5：比起華麗的畫，**高雅**、百看不膩的畫更適合放在房間裡。（部屋に飾る絵は、派手なものよりも、**品があって**飽きないものがいい。）

日本人通常比較喜歡「控えめ」（低調→P.122）的事物，總喜歡壓抑自己的情緒，不過度主張自己的意見，喜歡「遠慮深く」（謹言慎行→P.64）的一舉一動，所以喜歡低調、樸實的東西，更勝於鮮亮的顏色，或是閃爍著黃金光澤的東西。

日本人的這種價值觀可用「品」這個字眼形容。「品」就是懂得顧及別人的感受，懂得謹言慎行這類內在美，若是反映在行動、態度與一些小動作上面，就

會讓人有好感。至於那些不起眼，卻有低調之美的事物也會被形容成「品がある」。日本人若是聽到別人稱讚自己「品がある」（高雅、優雅），肯定會非常開心，如果聽到別人批評自己「品がない」（沒品）、「下品だ」（下流），百分之百會覺得很丟臉。

另一個與「品がある」或「上品だ」相近的詞彙則是「**おくゆかしい**」（高雅、雅緻）。只要是人，就會生氣、難過，但只有日本人會覺得表露這類情緒或慾望是很「不入流」的事情。比方說，能夠控制情緒的人、懂得照顧別人的人或是一舉一動都讓人感受到藏在內心深處的美好的人，都會以「おくゆかしい」這個詞形容。

至於那些不入流的行動則可以用「**はしたない**」（下流、粗俗）這個字眼形容。這個「はしたない」可在看到成年人在衆人面前嚎啕大哭或是在參加派對時，看到有人猛吃高級料理的時候使用，這個字也完全反映了日本人有多麼討厭別人流露出本該壓抑的情緒或是該埋在內心深處的慾望。

單字筆記本

内面的な	inner	內在的
むき出しにする	lay...bare、show uncontrolled emotion	表露無遺的
自慢する	boast	自誇
不愉快な	unpleasant	不愉快的
華やかな	gorgeous	鮮豔華麗的
抑える	restrain	壓抑
価値観	one's sense of values	價值觀
配慮する	make considerations for	顧慮
しぐさ	gesture	一舉一動
欲望	desire	慾望
ガツガツと	greedily	狼吞虎嚥

やまとなでしこ／大和撫子

相關關鍵字：控えめ、品

日本女子足球隊在世界盃的表現非常亮眼，在全世界也非常知名，但大部分的日本人都會親暱地稱這支隊伍為「なでしこジャパン」，日本女子足球聯盟也被稱為「なでしこリーグ」，其中的「なでしこ」則是源自美麗的日本女性的代名詞「**やまとなでしこ**」。

「やまと（大和）」是「日本」的舊稱，而「大和言葉（日本自有的語言）」或是「大和魂（日本人的傳統精神）」這類冠上「大和」的詞彙，通常都會用來形容日本的傳統事物。「やまとなでしこ」原本是在初夏盛開，惹人憐愛的淡粉紅色小花，也可簡稱為「なでしこ」，而這種低調（控えめ→P.122）高雅（上品→P.172）的美麗花朵很符合日本女性的形象，所以「やまとなでしこ」就成為日本理想女性樣貌的代名詞。

例1：她無疑是**大和撫子**的化身，是一位非常美麗的人。（彼女こそ、まさに**やまとなでしこ**、すばらしい人だ。）

「大和撫子」（やまとなでしこ）是日本女性理想樣貌的代名詞，而要被如此讚美，條件之一就是要具有「しとやかさ」這個氣質。「**しとやか**」通常是用來形容說話方式、態度、性格十分文靜、低調、高雅的女性，在早期甚至被列爲理想的結婚條件。

例2：結婚的話，文靜顧家的女性比較好。（結婚するなら、**しとやかで**家庭的な女性がいいです。）

在過去，文靜的日本女性受到許多外國男性青睞，但是進入現代之後，女性也開始參與社會活動，對於女性的社會評價也漸趨多元，所以「理想的日本女性不一定非得是個性文靜的女性」了。

「やまとなでしこ」就是日本傳統理想女性的形象。

單字筆記本

代名詞	pronoun、byword	代名詞
精神	spirit	精神
野草	wild grass、wild flower	野草
重ね合わせる	overlay、combine	重疊、疊合
理想的な	ideal	理想的
あこがれの的	someone or something that anyone would admire or yearn for	憧憬的目標
多様化する	diversify	多元化

派手、地味／花俏、不起眼的

相關關鍵字：**控えめ**

紅、黃、藍這類鮮亮的顏色在日文會稱爲「派手な色」（花俏的顏色），如果是色彩繽紛或是花紋搶眼的衣服，就會形容成「派手な服」（花俏的衣服）。換言之「**派手**」（花俏）就是吸睛的意思，也會用來形容人的外表、態度或行動。

例1：他總是做一些超乎常軌的事情，上司總是被他嚇出一身冷汗。（彼はいつも**派手な**ことばかりするので、上司はいつもひやひやしている。）

例2：大部分的人都以爲藝人的生活**光鮮亮麗**，但其實不是每位藝人都這樣。（芸能人は生活が**派手だ**と思われているが、みながそうとは限らない。）

「派手なこと」就是「很搶眼的行動」「派手な生活」則是「奢華，引人注目的生活」，「派手な性格」則是「毫不隱瞞自己的情緒或好惡的性格」。「派手」若用在人的身上，通常是負面形容，帶有「應該更低調一點才對」的語氣。

「派手」的反義語就是「**地味**」，有不起眼、壓抑的意思。

比方說，介紹商業禮儀的書籍通常會提到「在公司不要化大濃妝」或是「套裝應該選擇樸素的顏色」這類事宜。雖然有時候會故意花俏一點，引起對方的注意，但就多數的商業場合而言，穿得樸素低調一點會比較討喜。

比起那些華麗的事物，基本上日本人喜歡樸素的東西。不過，在需要展現積極的態度或是更符合現代潮流的場合裡，穿的太樸素有可能會被批評「那個人**太素**了吧」（あの人って**地味だよね**）或是「那件洋裝不會**太不起眼**了嗎？」（その洋服、ちょっと**地味じゃない**？）此時的「地味」是「無聊」、「枯燥」的意思，還請大家千萬不要會錯意。

與「地味」類似的詞彙還有「渋い」（內斂）。「渋い」指的是喝到濃茶或是

吃了沒熟透的柿子時，感覺到的味道，而「渋い色」、「渋いファッション」、「渋い男性」、「渋い生き方」的「渋い」都有「不花俏、沉著、味道很有層次」的意思。

例3：明明很年輕，卻喜歡巴哈，還眞是很**內斂**的人啊。（若いのにバッハが好きだなんて、なかなか**渋い**ね。）

例3的「渋い」是一種讚美，有「年輕人通常比較喜歡流行音樂或搖滾樂這類外放的音樂，喜歡巴哈的你還眞是有涵養」的意思。

除了「渋い」之外，日語還有「素朴」、「飾り気がない」、「品がいい」、「上品」這類形容樸素事物的詞彙。

在日本畫或茶道這類日本傳統文化的世界裡，樸實無華的作品通常比花俏華麗的作品更能得到好評。在介紹日本文化的時候，通常會提到沒有裝飾品的茶室、

石庭或是寂靜的古老寺院，而蘊藏在這些事物之中的「美」通常會形容成「**わび・さび**」（侘寂）。

「わび」與「さび」通常會一起使用，但意思略有不同。

「**わび**」的現代語是「侘しい」，有貧乏、窮酸、困乏這類負面的意思，但在茶道或是俳句的世界裡，「自然、樸實的事物比豪華、華麗的事物更加美麗」，「美」也會從這些具有「わび」色彩的事物之中誕生，所以這些事物也特別受到重視。

另一方面，「**さび**」的現代語是「寂しい」或是「寂れる」，有寂寥、安靜、孤獨這些意思。在離群索居的寂靜生活與老舊枯寂的事物之中，往往可以發現真正的人性與美麗，而這就是所謂的「さび」。

比起那些奢華的事物，日本人認爲古老的、樸素的、沉靜的、自然的事物才有饒富趣味的美，所以才會如此盛讚這些事物，而這些就是被譽爲「わび・さび」（侘寂）的事物，也可說是日式美感的關鍵字。

再多了解一點！

鎌倉時代末期的知名散文家吉田兼好曾在其著作《徒然草》寫下「花はさかりに、月はくまなきをのみ見るものかは（盛開的櫻花與滿月不一定就代表美好）」這樣的句子，可見日本人從很久以前，就覺得有某種不完美，有缺陷的事物很美麗。

此外，有時候會以「いぶし銀のような味がある」這種說法形容乍看平凡，但其實很有實力與魅力的男性。「**いぶし銀**」的意思是故意將銀的表面燻黑，遮掩銀本身的光芒，所以這個讚美之詞也充份反映了日本人喜歡樸實事物的感性。

從中國宋朝傳入的「茶湯」一開始只是招待客人的茶水，但是與重視樸素的禪之思想以及在生死間追求生存之道的武士之心融合之後，就昇華為以「わび・さび」（侘寂）為首重的藝術，也衍生出現代的「茶道」。

將日本的「禪文化」推向世界的鈴木大拙在其著作《禪與日本文化》之中，將「わび・さび」（侘寂）定義為「貧乏的美」。

「甘於清貧」這句話有「與其汲汲營營地賺錢，不如清貧度日，潔身自愛來得快樂」的意思。從這句話受到喜愛這點也能一窺日本人對於「わび・さび」（侘寂）的世界有多麼嚮往。

單字筆記本

ひやひやする	be in a state of nervous anticipation	嚇出一身冷汗
豪華な	luxurious	豪華的
抑える	restrain	壓抑的
印象づける	impress	留下印象
意図的に	intentionally	故意地
個性	individuality	個性
熟す	mature	成熟
柿	the Japanese persimmon	柿子
素朴な	innocent	樸素的
簡素な	plain	簡樸的
装飾品	ornament	裝飾品
美的価値	aesthetic values	美的價值
みすぼらしい	shabby	寡酸的
質素な	plain	樸實的
美意識	sense of beauty	美的意識
贅沢な	luxurious	奢侈
随筆家	essayist	散文家
はかない	fleeting	短暫的
禅の思想	Zen philosophy	禪的思想
あくせくする	work hard	汲汲營營的

恩、義理／恩情、義理

相關關鍵字：**つきあい、礼儀**

日本人的「施與受」的感覺似乎特別強烈，每當有人幫自己做了些什麼，除了會當場道謝之外，過了一週、兩週，還是會再說一次「この前はありがとうごあざいました」（前陣子多謝幫忙），以表謝意。不習慣這種文化的人對於日本人愛提舊事這點似乎很驚訝，但日本人覺得不管別人幫的忙有多小，都是值得開心與感恩的事情，也會一直提醒自己不能忘記這件事，而這就稱爲「**恩**」（恩情）。

如果是很大的「恩情」，還必須有所「回報」，比方說，送禮物或是在對方遇到困難的時候伸出援手，而這就稱爲「**恩返し**」（報恩）。受照顧的人若是不回禮或報恩，就會淪爲「**恩知らず**」（不懂得知恩圖報的人）。

例1：我想趕快獨立，好**報答**父母的養育之恩。（早く自立して、今まで育ててくれた両親に**恩返し**がしたい。）

例2：居然背叛有恩於己的人，眞是**不知感恩圖報**的傢伙。（お世話になった人を裏切るなんて、なんて**恩知らず**なやつだ。）

受人照顧或幫助時，當然要「報恩」，而這種概念就稱爲「**義理**」，此時受到照顧的人對於恩人有所謂的義理（義理がある）或是恩義（恩義がある）。

例3：我**欠**那個人**一份情**，所以沒辦法拒絕他的請託。（あの人には**義理がある**ので、頼みを断れない。）

「義理」原本是每個人都該遵守的正道或是理所當然的社會規範，但日常生活之中的「義理」則是應盡的社會義務或是人情世故，比方說，「人本來就該知恩圖報」或是「有朋友結婚當然要送上賀禮」，這些都是人與人來往（つきあい→P.90）之際，必須遵守的風俗習慣。

例4：身爲後輩的吉田非常**懂人情世故**，只要去旅行，就一定會買伴手禮回來。

（後輩の吉田君はとても**義理堅くて**、旅行に行くと必ずおみやげを買ってきてくれる。）

去旅行的時候，買點伴手禮回來孝敬平常照顧自己的人，表示一下心意，或是謹守社會規範的人，都會以「**義理堅い**」這類日文讚美對方。反之，若不懂得上述這些人情世故，別人就會覺得這個人不懂「禮儀」（→P.100）。「義理」在日本社會就是這麼重要的概念。

例5：再怎麼忙，與照顧自己的人失去聯絡實在**說不過去**。（忙しさのあまり、お世話になった人にずっと連絡ができずに**義理を欠いて**いる。）

不懂得人際關係的應對進退，也不懂得社會常規都會說成「**義理を欠く**」（不懂人情義理）。日本人非常重視婚喪喜慶，但除了這些風俗習慣之外，更是在意所謂的人情義理。比方說，照顧自己的人過世的話，通常會放下手邊的事，爲對方守夜或是參加葬禮，如果遇上結婚或是生小孩這類喜事，則會盡早贈送賀禮。

日本婚禮以高額禮金聞名。大部分的人都在三十歲前後結婚，所以有不少人因爲連續參加朋友或同事的婚禮而落得口袋空空的下場（ご祝儀貧乏）。不過，就算口袋沒錢，只要沒有什麼天大的事情發生，都還是會應邀參加婚禮。

由此可知，日本社會的「義理」是多麼深厚的概念了。

再多了解一點！

日本女性會在二月十四日的情人節送心儀的男性巧克力。同時也會送所謂的「**義理巧克力**」（義理チョコ）給男性友人或是公司前輩。也就是不管喜不喜歡對方，都按照社會風俗或是人情世故而送的巧克力。

「義理」這個字眼常有這類非自願，「義務性質」、「無可奈何」所以才這麼做的語氣。

在日文之中，還有「**義理と人情の板挟み**」（夾在義理與人情之間）這種說法。比方說，抓到小偷之後，發現是自己的小孩時，不想讓自己的小孩變成犯人是「人之常情」，但如果就這麼放他走，又違反了社會規範，也就是「有違義理」，因此挾在「義理」與「人情」之間可說是天人交戰。

歌舞伎或淨瑠璃這類日本傳統戲劇有許多以「義理與人情」為主題的故事，可見義理往往是與人情對立的。

單字筆記本

文化圏	cultural sphere	文化圈
裏切る	betray	背叛
道理	reason	道理
お通夜	the Wake：the custom of having those who were close to the deceased to spend the night with the departed before cremation	守夜、守靈
参列する	attend	列席
本心	genuine feeling	眞心話
ニュアンス	nuance	語氣、語感
人情	humanity	人情世故
板挟み	dilemma	左右爲難
対立する	opposition	對立

いさぎよい／果斷、堅決

相關關鍵字：武士道、けじめ、恥

日本公司若是對社會大衆造成了某些問題時，該公司的社長通常會立刻召開記者會低頭道歉，電視新聞也很常報導這類新聞，而這種景象在其他國家可能很少見，而且很多人也覺得「先道歉就輸了，所以不要道歉比較好」或是「道歉是之後的事，先說明原委才對」，所以看到公司高層召開記者會公開道歉會覺得很不可思議。

不過，大部分的日本人只要覺得自己也有部分責任，就會先坦率地（→P.34）道歉，而不是選擇辯解。這種態度在日文稱爲「**いさぎよい**」（果斷、堅決），反之，明明做錯事，卻一直辯解，沒有半句道歉的話，就是「いさぎよくない」（不果斷、不堅決）的態度，也會留下很糟的印象。

例1：這間公司的社長**果斷地**承認自家公司的錯誤與公開道歉。（その会社の社長は、自社に責任があることを**いさぎよく**認めて、謝罪した。）

例2：比賽輸了就輸了，還找一堆藉口，眞是**不乾不脆**。（試合に負けて言い訳をするなんて、**いさぎよくない**。）

日本之前曾發生因電梯故障，導致人員傷亡的事故，當時製造該電梯的外國企業的社長（是外國人）在電視上選擇先說明造成事故的原因，而不是先道歉。雖然最終在過了一週之後道歉，但對日本人來說，前面那段有關事故的說明聽起來都像是在找藉口，有種不乾不脆的感覺，最後問題也越演越烈。

「いさぎよさ」（果斷、堅決）在武士時代是非常重要的特質。

武士的職責是爲了主人作戰，所以一旦戰敗，就應該一死了之，絕不能逃跑或是請求敵人饒命，這些都是非常可恥的事情。

其中最知名的行爲莫過於「切腹（用刀切開自己的肚子自殺）」。武士如果犯

了錯或是無法承擔責任，不會選擇為自己辯白，而是選擇切腹，因為這樣才符合所謂的「いさぎよい」。

此外，若問什麼東西符合「いさぎよい」的語境，日本人通常會先想到「櫻花」。櫻花在盛開之後，便會立刻凋零，與那些稍微褪色，還堅持綻放，不肯凋零的花完全不同，所以綻放與凋零都在轉瞬之間的櫻花才被譽為是具有「いさぎよい」氣質的花朵，這也是日本人喜愛櫻花的理由之一。

日本的政治家如果稍微犯了錯，社會大眾就會要求立刻辭職，因為不閃避責任，不找藉口，不戀眷政治家的地位，而是堅決地辭職，才算是懂得「知所進退」（けじめ→P.29）。

再多了解一點！

「いさぎよさ」在武士的美德之中，可說是最重要的概念。

武士的職責是作戰，只有捨命作戰才是最理想的姿態，所以作戰時，會盡一切的努力，想辦法獲勝，但如果時運不濟，作戰失敗，絕不會臨陣脫逃，或是拜託敵人手下留情（拜託對方饒命），而是會為了維護自己的名譽，寧可一死明志。這種態度就稱為「いさぎよい」。

「**敵に後ろを見せる**」（讓敵人看見自己的背後）有害怕敵人而轉身逃跑的意思，這對武士來說，是奇恥大辱（「恥」→P.50）。當時的武士認為，如果拼命作戰卻戰敗，就應該斷然赴死。

美國文化人類學者露絲．潘乃德在《菊與刀》的「戰爭中的日本人」提到，日本人沒有投降這回事。書中提到，日本人認為在戰鬥機安裝逃生器具的美軍很卑劣，也提到日本人認為「名譽就是不斷地作戰，直到生命的盡頭為止」。

不利	disadvantage	不利
謝罪（する）	apologize	謝罪
責任	responsibility	責任
印象	impression	印象
過ちを犯す	commit an error	犯錯
辞任する	resign	辭職
曖昧にする	obscure	模稜兩可
地位	social status	地位
こだわる	cling to	堅持
道徳	ethics	道德
観念	notion	觀念
勇敢な	brave	勇敢的
理想的な	ideal	理想的
名誉	honor	名譽
無降伏主義	the no surrender policy	絕不投降主義
戦闘機	combat airplane	戰鬥機
救命具	lifesaving equipment	逃生設備
卑怯な	cowardly	卑劣、無恥

もったいない／可惜、浪費

點心只吃了一點就丟掉，或是衣服沾到一點汙垢就報廢時，我們都常會有「明明還能吃」或是「明明還能穿」的心情，而用來形容這種捨不得的詞彙之一就是「**もったいない**」（可惜、浪費）。

例1：這台電腦明明還能用，怎麼會想要報廢，真的很**可惜**耶。（このパソコン、まだ動くのに処分するなんて、**もったいない**。）

例2：明明天氣這麼涼，怎麼還開冷氣，真的很**浪費**耶。（こんなに涼しいのにクーラーをつけるなんて**もったいない**。）

例3：考試在即，多花一分一秒聊天很**浪費**時間。（試験の前なので、おしゃべりする時間も**もったいない**と思う。）

看到還能用的東西、還能吃的食物、有益的東西、有價值的東西被丟掉，覺得很可惜的心情就會以「もったいない」形容。以例1的情況而言，是要當事人更珍惜電腦，不要浪費的意思，例2則是要當事人節約電力，例3則是要當事人節約時間。

日本人向來珍惜日常用品，也時時提醒自己不要造成浪費。比方說，日本人以前有「お下がり」這個哥哥或姐姐將穿過的衣服讓給弟弟或妹妹穿的習慣。之所以會有這個習慣，全是基於將日常用品用得淋漓盡致的概念。此外，如果不把碗裡的每粒飯吃完，父母親通常會提醒小孩粒粒皆辛苦的道理，要小孩知道每粒飯都是農民辛苦耕種的成果。

除了東西或是時間之外，日本人對「人」也會有「もったいない」這種感覺。

例4：他明明是很優秀的員工，卻只讓他負責影印文件，實在太**可惜**了。（彼は優秀な社員なのに、コピーの仕事しかさせないなんて、実に**もったいない**。）

例4是以「もったいない」這個詞彙形容員工沒能發揮長才，讓人覺得很可惜的情況。

雖然「もったいない」很常用來批評浪費，但是要請大家注意的是，下個例子的「もったいない」的語氣有點不一樣。

例5：那位太太是個很棒的人，配她那位老公眞的是太**可惜**了。（あの奥さんは、彼には**もったいない**ようなすばらしい人だ。）

例6：我實在**配不上**這麼高貴的禮物。（こんな高価なお品をいただいて、私には**もったいない**。）

例5的意思是，那位太太簡直像是鮮花插在牛糞上，她的老公完全配不上她，這也算是對太太的一種讚美（被這樣貶低的老公有點可憐就是了）。

例6則是一種自謙的說法，覺得自己配不上如此高貴的禮物，日本人很常在收到禮物的時候說這句話。這兩句的「もったいない」都有「不懂價值，沒有充份發揮價值」、「暴殄天物」的意思。

再多了解一點！

日本的國土非常狹小，但是人口卻很多，自然資源也不甚豐沛，必須珍惜每一項日常用品，所以從小到大，每位日本人都被告誡不可以浪費，必須有效利用任何有價值的東西，而這些概念則源自「もったいない」這句日文誕生的背景。

當佛教傳入日本之後，「殺生」（＝殺害生物，尤其是殺害四腳的物）便被視為罪惡，而且從歷史的角度來看，日本人除了吃魚之外，本來就沒有吃肉的習慣，所以日本人的飲食生活並不豐富。諷刺的是，日本料理在這幾年被認為是養生的料理，但「もったいない」這種珍惜物品的概念卻是於物資貧乏的時代形成，而且甘於貧困的武士道精神（→P.163）或是重視「わび・さび」（侘寂）的清貧（→P.181）思想，都與珍惜物品、避免浪費的日式精神有著密不可分的關係。

「もったいない」具有英文的「wasteful」，或是中文的「可惜」所沒有的語感。

諾貝爾和平獎得主兼肯亞環境及自然資源部副部長的萬加瑞・馬塔伊在二〇〇五年訪日時，學到「もったいない」這句日語之後，認為這句日語蘊藏著珍惜資源，資源永續的概念，也囊括了「Reduce（減少廢棄物）」「Reuse（再利用）」「Recycle（循環使用）」這三個R的理念。為此深受感動的她也呼籲全世界將「も

日本人の心がわかる日本語

讀懂人心的日本語

35 個關鍵字解析日本文化的曖昧與感性，通透話語的表與裏

作者	森田六朗
翻譯	許郁文
責任編輯	吳佳臻
選書編輯	張芝瑜
美術設計	郭家振
發行人	何飛鵬
事業群總經理	李淑霞
社長	饒素芬
主編	葉承享
出版	城邦文化事業股份有限公司 麥浩斯出版
E-mail	cs@myhomelife.com.tw
地址	104 台北市中山區民生東路二段 141 號 6 樓
電話	02-2500-7578
發行	英屬蓋曼群島商家庭傳媒股份有限公司城邦分公司
地址	104 台北市中山區民生東路二段 141 號 6 樓
讀者服務專線	0800-020-299（09:30 ～ 12:00; 13:30 ～ 17:00）
讀者服務傳真	02-2517-0999
讀者服務信箱	Email: csc@cite.com.tw
劃撥帳號	1983-3516
劃撥戶名	英屬蓋曼群島商家庭傳媒股份有限公司城邦分公司
香港發行	城邦（香港）出版集團有限公司
地址	香港灣仔駱克道 193 號東超商業中心 1 樓
電話	852-2508-6231
傳真	852-2578-9337
馬新發行	城邦（馬新）出版集團 Cite（M）Sdn. Bhd.
地址	41, Jalan Radin Anum, Bandar Baru Sri Petaling, 57000 Kuala Lumpur, Malaysia.
電話	603-90578822
傳真	603-90576622
總經銷	聯合發行股份有限公司
電話	02-29178022
傳真	02-29156275
製版印刷	凱林印刷傳媒股份有限公司
定價	新台幣 399 元／港幣 133 元
ＩＳＢＮ	978-986-408-910-9（平裝）

2023 年 5 月初版一刷・Printed In Taiwan

[改訂新版] 日本人の心がわかる日本語
©Morita Rokurou 2021
Originally Published in Japan by ASK Publishing Co., Ltd., Tokyo
Chinese traditional version arranged with ASK Publishing Co., Ltd., Tokyo
through AMANN CO., LTD.
This Traditional Chinese edition published by My House Publication, a division of Cite Publishing Ltd.

國家圖書館出版品預行編目（CIP）資料

讀懂人心的日本語：35 個關鍵字解析日本文化的曖昧與感性，通透話語的表與裏 / 森田六朗作；許郁文翻譯．-- 初版．-- 臺北市：城邦文化事業股份有限公司麥浩斯出版：英屬蓋曼群島商家庭傳媒股份有限公司城邦分公司發行，2023.05
面； 公分
譯自：日本人の心がわかる日本語
ISBN 978-986-408-910-9(平裝)

1.CST: 日語 2.CST: 詞彙

803.12　　112003317

北原保雄《明鏡國語辭典》大修館書店
松村明《大辭林》三省堂
《日本國語大辭典》小學館
大槻文彥《言海》筑摩書房、筑摩學藝文庫
露絲潘乃德《菊與刀》社會思想社、現代教養文庫
土居健郎《「撒嬌」的構造》弘文堂
九鬼周造《「粹」的構造》岩波文庫
中根千枝《縱社會的人際關係》講談社現代新書
和辻哲郎《作為人類學問的倫理學》岩波文庫
和辻哲郎《風土》岩波文庫
和辻哲郎《日本精神史研究》岩波文庫
鈴木大拙《禪與日本文化》岩波新書
家永三郎《日本道德思想史》岩波全書
新渡戶稻造《武士道》岩波文庫
山本長朝・述《葉隱》岩波文庫
大道寺友山《武道初心集》岩波文庫

感銘を受ける	be impressed by	深受感動
環境保全	environment preservation	環境保護
標語	slogan	標語
値打ち	value	價值
余すことなく	till nothing remains、completely use up	毫無保留
提言する	advocate	建議

單字筆記本

しみ	stain	汙漬
惜しむ	take exception in the sense of seeing something go to waste	覺得可惜
有益な	useful	有益的
価値	value	價值
無駄になる	go to waste unused	浪費
戒める	admonish	告誡
無駄づかい	wasteful spending	浪費
お百姓さん	farmer	農民
ニュアンス	nuance	語感
ふさわしい	appropriate	適合的
謙遜	modesty	謙虛
ノーベル平和賞	The Nobel Peace Prize	諾貝爾和平獎
健康	health	健康
皮肉	sarcasm	諷刺
豊か	abundant	豐富
食生活	eating habits	飲食習慣
廃棄物	waste	廢棄物

ったいない」這句日語做為環境保護的標語。

日本環境省發行的「平成十七年版環境白皮書」也提到，「もったいない」這句日語不只是珍惜物品，還蘊含著「無法讓東西徹底發揮價值或特質非常可惜」的意思，也從珍惜能源，讓東西發揮所有價值的角度呼籲大家重視「もったいない」的精神。

「もったいない」這個字眼除了在書籍與歌曲出現之外，也隨著「食品損耗」（丟掉還能吃的食物）這個全球問題被轉譯成「MOTTAINAI」，一步步成為全世界都認識的詞彙。